Klarant Verlag

W0298930

Die gebürtige Ostfriesin ***Sina Jorritsma*** aus der Krummhörn studierte in Hamburg Germanistik und Philosophie, bevor sie wieder in ihre Heimat zurückkehrte. Sie veröffentlicht unter Pseudonym, weil sie ihre Umgebung genau beobachtet und Ereignisse aus ihrem Leben in ihre Geschichten einfließen. Das Romaneschreiben ist ihr kleines Geheimnis, das nur wenige Menschen kennen. Bei einer großen Kanne Ostfriesentee mit Sahne und Kluntjes kann sie halbe Nächte durchschreiben, tagsüber hält sie sich mit Joggen fit. Sina Jorritsma lebt mit ihrer Familie in einem kleinen Ort bei Emden.

Sina Jorritsma

Juister Party

Ostfrieslandkrimi

Klarant Verlag

Copyright © 2021 Klarant GmbH, 28355 Bremen
Klarant Verlag, www.klarant.de – www.ostfrieslandkrimi.de
ISBN: 978-3-96586-471-9
1. Auflage 2021
Umschlagabbildung: Klarant Verlag
Alle Rechte vorbehalten. Das Werk darf – auch auszugsweise – nur mit Genehmigung des Verlages wiedergegeben werden.
Ähnlichkeiten in dem Ostfrieslandkrimi »Juister Party« mit real existierenden Personen sind rein zufällig und nicht beabsichtigt.
Printed in the EU.

Kapitel 1

»Es gibt schon wieder eine Beschwerde wegen Lärmbelästigung.«

Mit diesen Worten wandte sich Kommissarin Antje Fedder an Roland Witte, der im Dienst ihr Kollege und im Privatleben ihr Freund war. Die Polizeistation der kleinen Ferieninsel Juist war nur mit diesen beiden Beamten besetzt, lediglich in der absoluten Hochsaison bekamen sie Verstärkung vom Festland. Antje hatte soeben einen Anruf entgegengenommen und erhob sich nun von ihrem Schreibtischstuhl, während sie gleichzeitig nach ihrer Uniformmütze griff. Sie und Roland waren den größten Teil des Tages überall auf der Insel unterwegs gewesen, um Präsenz zu zeigen und den Touristen mit Rat und Tat beiseitezustehen. Inzwischen war es zwanzig Uhr, und sie hatten in der Dienststelle die unvermeidliche Schreibarbeit erledigt. Der dunkelhaarige Kommissar gähnte verstohlen und stand ebenfalls auf.

»Ich hatte eigentlich gehofft, dass wir in absehbarer Zeit Feierabend machen könnten«, gestand er.

»Zu früh gefreut, mein Lieber.«

Antje band ihr schulterlanges blondes Haar mit einem Gummi im Nacken zusammen und setzte ihre Mütze auf. Sie fügte hinzu: »Wenn wir Glück haben, bleiben die Krawallbrüder friedlich. Die Anruferin meldete eine ›Horde Rabauken‹, wie sie sich ausdrückte. Diese Leute hören am Strand laut Musik, in der Nähe der Wilhelmshöhe.«

»Ich bin gespannt, ob es sich um alte Bekannte handelt«, meinte Roland trocken. Juist hatte im Gegensatz zu Norderney keinen Ruf als Partyinsel, aber natürlich gab es auch auf dem »Töwerland« Leute, die beim Feiern die Rücksichtnahme auf andere Menschen vergaßen. Es war Antjes und Rolands Aufgabe, für Ruhe und Ordnung zu sorgen. Also schwangen sie sich auf ihre Fahrräder, denn auf der autofreien Insel bewegte sich auch die Polizei mit eigener Muskelkraft.

»Jetzt haben wir schon September, allmählich verebbt der Urlauberstrom ein wenig«, stellte die blonde Kommissarin fest.

»Das ist richtig – und wer in der kalten Jahreszeit eine Strandparty macht, kommt nicht nur mit unvergesslichen Erinnerungen, sondern auch mit einer Blasenentzündung heim«, scherzte ihr Kollege. Noch war es allerdings warm genug, um auch am frühen Abend noch im Sand sitzen zu können. Die Inselpolizisten fuhren jetzt auf der Strandpromenade. Von dort aus konnten sie das breite Sandband allerdings nicht erkennen, weil die Dünen ihnen größtenteils die Sicht versperrten. Doch als sie sich der Wilhelmshöhe näherten, wummerten ihnen die Bässe einer Musikanlage entgegen. Antje brachte ihr Gefährt zum Stehen und ließ es neben einer Düne zurück. Sie und Roland gingen auf einem Bohlenweg zum Strand hinunter. Die Juister waren zu Recht stolz auf ihren sehr breiten, feinen und makellosen Sandstrand. Die meisten Urlauber hatten sich um diese Uhrzeit schon in ihre Quartiere zurückgezogen. Die laute Musik kam von fünf jungen Leuten, die es sich auf ihren Badelaken bequem gemacht hatten und nicht mehr ganz nüchtern waren. Johlend empfingen sie die Polizisten. Antje grinste breit und deutete mit einer unmissverständlichen Handbewegung auf den Radiorekorder, der rhythmische Klänge von beachtlicher Lautstärke ausspie. Ein Mädchen in Jeansshorts und Bikini-Oberteil ließ sich immerhin dazu herab, die Beschallung auf ein erträgliches Maß herunterzupegeln.

»Moin!«, sagte Antje. »Ich bin Kommissarin Fedder, das ist Kommissar Witte. – Ihr könnt euch denken, warum wir hier sind?«

»Weil ihr ein Bier wollt?«, fragte die Blonde, wobei sie in hysterisches Kichern ausbrach. Auch die anderen Anwesenden begannen zu lachen, bis ein dunkelhaariger sonnengebräunter junger Mann sie mit einer Geste verstummen ließ. Er trug Bermudashorts und ein violettes Batikshirt.

»Ich muss mich für meine Freunde entschuldigen, Frau Fedder. Uns war nicht bewusst, dass wir jemanden stören. Hier sind doch weit und breit keine anderen Badegäste zu sehen.«

Er breitete die Arme aus, und Antje gab ihm innerlich recht. Trotzdem hatte sie keine Lust auf eine Diskussion. Sie sagte: »Das ist zweifellos richtig. Aber wenn jemand bei uns anruft und sich beschwert, dann müssen wir tätig werden.«

»Ja, so wie dressierte Äffchen!«

Das blonde Mädchen prustete los und wollte sich über seinen eigenen dummen Witz kaputtlachen.

Der Dunkelhaarige zog die Augenbrauen zusammen und sagte scharf: »Das reicht, Marie! Die Beamten machen nur ihre Arbeit. Ich denke, du hast für heute genug getrunken. – Dürfen wir hierbleiben, wenn die Musik so leise bleibt wie jetzt?«

Den letzten Satz richtete der junge Mann an Antje.

»Du hast nicht über mich zu bestimmen, Niklas«, meckerte Marie. Aber immerhin verzichtete sie auf weitere Störmanöver.

»Mit dieser Lautstärke gibt es keine Probleme«, stellte Antje klar. »Wir wünschen Ihnen einen schönen Abend und hoffen, dass wir nicht noch einmal erscheinen müssen. – Und nehmen Sie später Ihre Dosen mit, das Pfandgeld dürfte Ihnen ein kleines Vermögen einbringen.«

Niklas lachte und erwiderte: »Das werden wir tun. Und entschuldigen Sie bitte die Unannehmlichkeiten.«

Die Inselpolizisten nickten ihm zu und gingen davon. Die Urlauber unterhielten sich weiter, allerdings mit reduzierter Lautstärke.

»Was ist bloß mit der Jugend von heute los?«, fragte Roland, als sie außer Hörweite waren. »Die haben ja noch nicht mal ein Lagerfeuer entzündet, geschweige denn gekifft.«

»Bist du so scharf darauf, Strafanzeigen wegen Betäubungsmittelverstößen zu schreiben? Vorhin hast du doch gejammert, dass wir immer noch keinen Feierabend haben. – Ich bin froh, dass dieser Niklas so kooperativ ist. Die Blonde war auf Krawall gebürstet, die hätte uns gern das Leben schwer gemacht.«

»Du hast ja recht, Antje. Und man kann die jungen Leute ja verstehen – daheim werden sie nicht so einen spektakulären Sonnenuntergang haben.«

Roland hielt Antje am Arm fest, drehte sich um und deutete auf den Horizont, der von dem untergehenden Tagesgestirn in ein orangefarbenes Licht getaucht wurde. Die Sonnenstrahlen ließen die Wellen der Nordsee glitzern, und zusammen mit dem nach Salz schmeckenden Wind und dem warmen Sand unter den Schuhsohlen entstand eine einmalige Atmosphäre.

»Ja, ich als Inselkind sollte einfach dankbar dafür sein, hier leben zu dürfen«, meinte die Kommissarin.

Außer während der Polizeiausbildung und eines anschließenden kurzen Einsatzes in einer Großstadt hatte sie immer auf ihrer Heimatinsel gewohnt, war hier verwurzelt und kannte alle Einheimischen. Roland hingegen arbeitete erst seit einigen Jahren auf Juist und sah das »Töwerland« oft noch mit den Augen eines Fremden.

»Wie wäre es mit einem Feierabendbier bei deinem Vater?«, schlug der Kommissar vor. Antje war einverstanden. Nachdem die beiden ihre Uniformen gegen Zivilkleidung vertauscht hatten, trafen sie sich in der *Juister Kajüte* an der Strandpromenade. Diese gemütliche Seemannskneipe wurde von Tjark Fedder seit seiner Pensionierung betrieben. Er stand hinter der Theke und zapfte Bier. Seine Augen leuchteten, als er seine Tochter und seinen zukünftigen Schwiegersohn erblickte.

»Moin, ihr beiden! Ihr wollt doch bestimmt das Übliche?«

Der Gastwirt wartete keine Antwort ab, sondern ließ den Gerstensaft in zwei weitere Gläser laufen. Antje und Roland nahmen auf Barhockern direkt am Tresen Platz, sodass sie mit Tjark plaudern konnten.

»Ja, ein kühles Blondes haben wir uns jetzt verdient, Papa.«

»Hattet ihr einen anstrengenden Tag?«

Die Kommissarin antwortete: »So schlimm war es nicht. Die Hauptsaison geht ja allmählich vorbei, das macht sich schon bemerkbar. Es gab viel Kleinkram, der erledigt werden musste.«

»Und es gibt immer mehr Touristen, die mit uns fotografiert werden wollen«, berichtete Roland. »Anscheinend halten diese Urlauber es für höchst ungewöhnlich, dass es auf Juist überhaupt eine Polizeidienststelle gibt.«

»Am Ende wirst du noch berühmt«, meinte Tjark schmunzelnd. Bevor der Kommissar etwas erwidern konnte, klingelte Antjes Smartphone. Wenn sie nicht im Dienst oder anderweitig in der Polizeistation anwesend war, aktivierte sie die Rufumleitung. Wer jetzt also die Festnetznummer der örtlichen Polizei anrief, landete auf ihrem Mobiltelefon.

»Moin, Sie sprechen mit der Polizei Juist. Mein Name ist Fedder. Wie können wir Ihnen helfen?«

Zunächst sagte die anrufende Person nichts. Antje lauschte auf Hintergrundgeräusche. Die Brandung war zu hören. Dies war auf Juist so alltäglich, dass man es kaum noch wahrnahm. Außerdem bemerkte die Kommissarin leise Gesprächsfetzen von anderen Personen.

Sie hakte nach: »Sind Sie noch am Apparat?«

»Hier läuft etwas gründlich schief … das ist nicht richtig …«

Eine junge weibliche Stimme sprach diese Worte aus. Sie klang verwaschen, offenbar war die Anruferin betrunken. Und sie redete nicht besonders laut.

»Möchten Sie eine Straftat melden? Werden Sie bedroht?«, wollte Antje wissen. Ob es sich bei der Frau um Marie handelte, die bei dem Einsatz am Strand nur durch ihre Albernheit aufgefallen war? Die Stimme konnte zu ihr passen.

»Ich kann nichts für Sie tun, wenn Sie nicht sagen, was los ist!«, stellte die Inselpolizistin klar. Roland und ihr Vater hatten inzwischen bemerkt, dass etwas nicht stimmte. Die beiden schauten sie fragend an.

»Ich … vergessen Sie es.«

Mit diesen Worten beendete die Anruferin den Kontakt.

»Wer war das, Antje?«, wollte ihr Kollege wissen.

»Ich bin nicht sicher. Es könnte sich um Marie handeln, die wir am Strand kennengelernt haben.«

»Die Blonde mit dem goldenen Humor?«, hakte Roland ironisch nach. »Ist sie in Schwierigkeiten?«

»Davon hat sie nichts erwähnt. Sie sagte nur, dass etwas schiefläuft und nicht richtig sei.«

Tjark Fedder mischte sich ein: »Das ist aber noch lange kein Grund, die Polizei zu alarmieren! Was ist bloß heutzutage mit den Leuten los? Können sie ihre Probleme nicht allein lösen? Ihr solltet nur für Notfälle zuständig sein!«

»Ich weiß nicht, ob sich jemand einen Scherz erlauben wollte«, murmelte Antje. Marie – falls sie es wirklich war – hatte anders geklungen als bei der ersten Begegnung. Ihr Tonfall klang verzweifelt, wobei natürlich auch der Alkoholpegel eine Rolle spielte. Als Polizistin hatte Antje schon oft genug mit Menschen in den unterschiedlichsten Stadien der Trunkenheit zu tun gehabt.

»Du weißt doch selbst, wie viele Leute aus Langeweile oder Frust mit uns oder mit der Feuerwehr ihr mieses Spielchen treiben«, erinnerte Roland.

Die Kommissarin nickte. Aus gutem Grund war es verboten, mit Notrufnummern Unfug zu veranstalten. Das hinderte leider manche Dummköpfe nicht daran, es trotzdem zu tun. Tjark Fedder war mit dem Zapfen fertig und stellte vor seine Tochter und ihren Freund jeweils ein Glas Bier auf die Theke. Doch Antjes Feierabendlaune war jetzt getrübt.

»Mir lässt die Sache keine Ruhe«, gestand sie, »ich werde mal kurz am Strand nach dem Rechten sehen.«

»Das ist bestimmt unnötig, aber ich komme trotzdem mit«, sagte Roland seufzend. Er fügte hinzu: »Wenn wir Glück haben, ist das Bier noch nicht abgeschalt, bis wir zurück sind.«

»Schlimmstenfalls muss ich eben nochmal den Zapfhahn betätigen«, meinte Tjark augenzwinkernd.

Antje wusste, dass er sich eigentlich auf eine Plauderei mit ihr und ihrem Freund gefreut hatte. Andererseits war der alte Seebär sehr stolz auf seine Tochter, die vor Rolands Versetzung nach Juist ganz allein für Recht und Ordnung auf der kleinen Insel gesorgt hatte.

Die beiden Kommissare gingen hinaus. Die *Juister Kajüte* befand sich unmittelbar an der Strandpromenade. Es war nicht allzu weit bis zu der Stelle, wo sie die jungen Leute angesprochen hatten. Die Fahrräder standen bei der Polizeistation an der Carl-Stegmann-Straße, aber auch zu Fuß erreichten sie ihr Ziel innerhalb weniger Minuten. Roland legte seine linke Hand hinter sein linkes Ohr.

»Hörst du das, Antje?«

Sie schaute ihn verständnislos an.

»Wovon sprichst du?«

»Ich höre nichts außer den Wellen und den Möwen. Und das ist ein gutes Zeichen!«

»Spinner!«, gab sie lächelnd zurück und knuffte ihn leicht mit dem Ellenbogen in die Seite. Aber sie ahnte, worauf ihr Kollege hinauswollte. Es war ungefähr eine Stunde vergangen, seit die Polizisten Niklas und dessen Freunde am Strand angesprochen hatten. Die Lichtverhältnisse am Strand waren inzwischen schlechter geworden. Trotzdem konnte man nicht übersehen, dass der Lagerplatz verwaist war.

»Die Leutchen haben sogar ihre leeren Dosen mitgenommen«, stellte der Kommissar zufrieden fest. »Da soll nochmal jemand etwas gegen die Jugend von heute sagen!«

Antje nickte. Nur die zahlreichen Fußspuren zeugten noch davon, dass an dieser Stelle vor Kurzem eine Gruppe von Menschen gesessen hatte. Die Kommissarin ließ ihren Blick schweifen, aber außer einem einsamen Jogger am Rand der Brandung konnte sie keine Personen erblicken. Roland legte den Arm um ihre Schultern und sagte: »Niklas & Co. werden ihre feuchtfröhliche Party in ihr Ferienhaus oder ihre Pension verlegt haben – je nachdem, wo sie untergekommen sind. Und falls dort die Nachbarn nicht die Flöhe husten hören, gibt es für uns keine Arbeit.«

»Du hast ja recht«, erwiderte sie seufzend. »Es ist nur so, dass mich dieser Anruf beunruhigt hat.«

»Vielleicht bist du einfach urlaubsreif, wie wäre es mit Ferien auf Juist?«, fragte Roland augenzwinkernd.

Sie lachte und erwiderte: »Gehen wir schnell zu Papa zurück, bevor das Bier ungenießbar wird!«

*

Der zweite September versprach ein schöner Tag zu werden. Das war jedenfalls Antjes erster Gedanke, nachdem sie aufgestanden war und sich den Morgenhimmel vor ihrem Fenster anschaute. Nach dem Bier in der *Juister Kajüte* hatte Roland sie in ihre Dienstwohnung begleitet, und die beiden hatten eine Liebesnacht miteinander verbracht. Noch vor der Dämmerung war ihr Freund verschwunden, um sich in sein Pensionszimmer zurückzuziehen. Es gab eine stillschweigende Vereinbarung zwischen den beiden, nicht gemeinsam aufzuwachen. Es war ihnen wichtig, dass sie ihren jeweils eigenen Rückzugsraum hatten – denn andernfalls wären sie rund um die Uhr beisammen gewesen. Daran hatten weder Antje noch Roland Interesse.

Nach einer Dusche zog die Kommissarin ihre Uniform an, machte sich ein schnelles Frühstück und ging zur Arbeit. Dafür musste sie nur die Treppe ins Erdgeschoss hinabsteigen, denn die Dienstwohnung der Juister Polizei befand sich im ersten Stockwerk direkt über dem Wachlokal.

Punkt acht Uhr wurde die Außentür aufgestoßen. Antje wollte schon eine scherzhafte Bemerkung darüber machen, dass ihr Kollege ausnahmsweise pünktlich sei. Doch angesichts seines ernsten Gesichtsausdrucks hielt sie lieber den Mund. Roland war in Begleitung einer jungen Frau in Joggingkleidung. Die Sportlerin wirkte hochgradig nervös.

»Ich habe die Dame eben gerade vor der Tür getroffen«, erklärte der Kommissar. »Sie sagt aus, eine Leiche gefunden zu haben.«

Kapitel 2

Antje bot der Zeugin ihren Besucherstuhl an, eilte in die kleine Teeküche des Wachlokals und holte ein Glas Mineralwasser. Die Frau sah so aus, als ob sie gleich kollabieren würde.

»Soll ich lieber einen Arzt rufen?«, fragte die Inselpolizistin besorgt.

Die Joggerin schüttelte den Kopf und antwortete: »Nein, danke. Mein Kreislauf spielt verrückt, aber das wird sich gleich legen. Ich bin vom Fach, arbeite in Karlsruhe als Krankenschwester. – Deshalb bin ich auch hundertprozentig sicher, dass der Mann tot ist. Ich habe natürlich sofort nach seiner Halsschlagader getastet, als ich ihn entdeckte. Da hatte er schon keinen Puls mehr.«

Antje schlug ihren Notizblock auf. Roland stellte sich neben sie, sodass er die Zeugin ebenfalls im Auge behalten konnte. Die Inselpolizistin stellte sich und ihren Kollegen vor. Dann sagte sie: »Bitte nennen Sie Ihren Namen und schildern Sie uns so genau wie möglich, was passiert ist.«

Die Joggerin atmete einige Male tief durch. Nachdem sie das Glas Wasser halb ausgetrunken hatte, bekamen ihre fahlen Wangen wieder etwas Farbe. Sie sagte: »Ich heiße Kathleen Glaser und mache momentan Urlaub auf Juist. Vor vier Tagen bin ich angereist und jogge seitdem jeden Morgen vor dem Frühstück am Strand, und zwar zwischen sieben und acht Uhr. Dann ist es immer noch schön ruhig, man begegnet höchstens mal einem anderen Läufer, der früh aufgestanden ist. Heute war es morgens genauso gutes Wetter wie an den vergangenen Tagen. Ich ahnte also nichts Böses, als ich plötzlich diesen leblosen Körper entdeckte. Aus der Distanz hatte ich ihn erst für ein Kleiderbündel gehalten, das von der Flut angeschwemmt worden war. Doch im Näherkommen erkannte ich meinen Irrtum.«

»Wo genau haben Sie die Leiche entdeckt?«, hakte Antje nach. »Sind in der Nähe auffällige Gegenstände oder Landschaftspunkte?«

Kathleen Glaser schüttelte den Kopf.

»Nein, mir ist nichts aufgefallen. Ich bin zum ersten Mal auf Juist und kenne mich hier nicht besonders gut aus. Aber laut meinem Kilometerzähler muss ich ungefähr drei Kilometer Richtung Osten am Strand entlanggelaufen sein, nachdem ich auf Höhe des Alten Kurhauses hinunter zur Nordsee gelangt bin.«

»Damit können wir schon etwas anfangen«, erwiderte Antje. »Nennen Sie uns bitte Ihre Urlaubsadresse und Ihre Mobilnummer, falls es noch Fragen gibt. Wir müssten Ihre Aussage später noch in Schriftform bringen, aber jetzt müssen wir erst einmal selbst zum Strand fahren.«

»Ja, das verstehe ich natürlich«, sagte die Zeugin. Nachdem sie die nötigen Angaben gemacht hatte, durfte sie gehen. Die Kommissare nahmen ihre Fahrräder und rasten so schnell wie möglich zum Leichenfundort. Sie wollten verhindern, dass jemand absichtlich oder versehentlich etwas an dem Toten veränderte.

»Wenn Frau Glaser sich nicht getäuscht hat, liegt der Leichnam ungefähr einen Kilometer von Niklas' Partyzone entfernt«, rief Antje ihrem Kollegen zu.

»Siehst du einen Zusammenhang?«, fragte Roland.

»Das will ich nicht hoffen«, lautete die Antwort. Die Inselpolizistin rief sich noch einmal das kurze Telefonat mit der Unbekannten ins Gedächtnis. Antje hätte schwören können, dass sie mit Marie Kontakt gehabt hatte. Aber warum war die junge Frau nicht konkreter geworden? Außerdem – die Kommissare *hatten* den Partyplatz aufgesucht und dort niemanden mehr angetroffen. Wie viel Zeit war seit dem rätselhaften Anruf vergangen? Zehn Minuten? Oder war das Feiergrüppchen unmittelbar nach dem Erscheinen der Polizisten weggegangen? Dann wäre nämlich reichlich Gelegenheit gewesen, das Geschehen an einen anderen Ort zu verlagern.

Antje und Roland ließen ihre Räder an der Strandpromenade zurück und eilten über einen der Bohlenwege zu dem breiten Streifen aus feinem Sand, für den diese Nordseeinsel so berühmt war. Schon aus der Entfernung konnten sie eine leblose Gestalt erblicken, die auf halbem Weg zwischen Spülsaum und Dünenkante lag. Die Kommissarin rannte auf den Toten zu. Ihr mulmiges Gefühl in der Magengegend verstärkte sich zu einer unausweichlichen Gewissheit.

Es war Niklas, der ermordet im Sand lag. Die Arme und Beine des toten jungen Mannes waren im Todeskampf erstarrt. Es sah aus, als hätte er aus seiner sitzenden Position aufstehen wollen. Der Leichnam war auf die Seite gefallen, daher konnte man den Griff des im Rücken steckenden Messers unmöglich übersehen. Ob er feige von hinten erstochen worden war?

Unter dem Toten befand sich eine Stranddecke. Antje glaubte sich zu erinnern, dass Niklas auch bei ihrer Begegnung am Vorabend darauf gesessen hatte. Es gab zahlreiche Fußspuren, die der Wind allerdings schon wieder verändert und teilweise zugeweht hatte. Außerdem sahen die Polizisten verkohlte Reste von Treibholz. Offenbar war hier ein Lagerfeuer entzündet worden.

»Dich trifft keine Schuld.«

Mit diesen Worten legte Roland seinen Arm um Antjes Schultern. Die Berührung tat ihr gut, trotzdem fiel ihre Reaktion gereizt aus: »Woher willst du wissen, was in mir vorgeht? Kannst du neuerdings Gedanken lesen?«

»Ich bin dein Freund, und inzwischen kenne ich dich ganz gut«, erwiderte er ruhig. »Du fühlst dich für die ganze Insel verantwortlich, Antje. Das ist ehrenwert, aber leider können wir trotzdem nicht jedes Verbrechen verhindern.«

»Dieses aber schon! Es gab einen Notruf, und …«

»Unter einem richtigen Notruf verstehe ich etwas anderes«, stellte Roland klar. »Du hast mir doch erzählt, wie nebulös diese Angaben der Betrunkenen waren. Außerdem – wir sind der Sache auf den Grund gegangen, oder nicht? Was hätten wir denn noch tun sollen? Ganz Juist nach der Partygruppe absuchen?«

»Dann wäre Niklas noch am Leben«, behauptete Antje. Gleichzeitig wurde ihr bewusst, dass Roland im Grunde recht hatte. Noch stand ja der Todeszeitpunkt überhaupt nicht fest. Und Selbstvorwürfe brachten sie nicht weiter. Sie vergegenwärtigte sich, dass bei dem fröhlichen Umtrunk vier weitere junge Leute dabei gewesen waren. Jetzt kam es darauf an, sie zu finden und ihre Aussagen zu überprüfen. Ob einer von ihnen der Mörder war?

Roland griff zum Smartphone und sagte: »Ich rufe einen Arzt, damit er offiziell die Todesursache feststellt – obwohl ich mir in diesem Fall auch ein Urteil als Laie erlauben würde.«

Antje nickte. Es war ziemlich wahrscheinlich, dass der Messerstich Niklas das Leben gekostet hatte. Sie kniete sich neben den Toten und durchsuchte seine Taschen, nachdem sie sich zuvor Latexhandschuhe übergestreift hatte. Doch sie fand absolut nichts, noch nicht mal ein benutztes Papiertaschentuch. Die Kommissarin runzelte die Stirn. Sie erinnerte sich, dass am Vorabend ein Smartphone neben dem jungen Mann auf der Stranddecke gelegen hatte. Es war verschwunden, ebenso wie alle anderen persönlichen Gegenstände. Jemand – vermutlich der Täter – schien großen Wert darauf zu legen, dass Niklas nicht so schnell identifiziert werden konnte. Oder gab es einen anderen Grund dafür, dass seine Taschen leer waren?

»Der Doc will sich gleich auf den Weg machen.«

Mit diesen Worten steckte Antjes Kollege sein Telefon wieder ein und kam zu ihr. Er kniete sich ein Stück weit neben der Leiche hin und betastete den Sand.

»Wann hatte die Flut gestern Abend ihren höchsten Pegel erreicht, Antje?«

»Das muss so gegen einundzwanzig Uhr gewesen sein.«

»Hier ist der Boden noch etwas feucht, aber weiter ist das Wasser nicht vorgedrungen. Dort, wo das Lagerfeuer angezündet wurde, müsste der Sand trocken sein.«

Die Kommissarin drückte ihre Handfläche auf die feinen hellen Körner und erwiderte: »Ja, das stimmt. Worauf willst du hinaus?«

»Ich überlege, wann das Feuer entfacht wurde. – Die Partygruppe hatte sich deutlich näher am Spülsaum niedergelassen, erinnerst du dich?«

»Ja, und als die Flut kam, mussten sie sich verlagern – andernfalls hätten sie nasse Füße bekommen. Du meinst also, dass sie hierher umgezogen sind und später ein Feuer angezündet haben?«

Roland schüttelte den Kopf. Er sagte: »Ich bin mir nicht sicher, ob die ganze Gruppe hierher umgesiedelt ist. Ihr Radiorekorder war ein ziemlich schweres altertümliches Monsterteil. Die Musikanlage hätte garantiert einen tiefen Eindruck im Sand hinterlassen. Und davon ist hier nichts zu sehen. Zugegeben, der Wind könnte inzwischen einiges von den Spuren verweht haben. Trotzdem kommt es mir unwahrscheinlich vor.«

Antje wollte etwas erwidern, aber in diesem Moment ertönte das Geräusch eines sich annähernden Kraftfahrzeugs. Auf der autofreien Insel Juist verfügten nur die Ärzte über Autos, außerdem gab es einen Rettungswagen und ein Postvehikel. Der Doktor hatte seinen Wagen offenbar am Herrenpfad geparkt. Einige Minuten später kam er zum Strand hinuntergeeilt. Die Inselpolizisten begrüßten den

Mediziner und traten zur Seite, damit er seiner Arbeit nachgehen konnte.

»Es kam mir nicht so vor, als ob die jungen Leute einander erst seit kurzer Zeit kennen würden«, meinte Antje. »Irgendwo müssen sie ja untergekommen sein. Wahrscheinlich haben sie gemeinsam ein Ferienhaus gemietet. Das ist für jeden von ihnen günstiger, als wenn sie Pensions- oder Hotelzimmer buchen würden.«

Roland nickte und ergänzte: »Ich kann mir vorstellen, dass Niklas der Hauptmieter war. Die anderen haben auf ihn gehört, er scheint so etwas wie der Leithammel gewesen zu sein.«

»Ja, das sehe ich genauso. – Ein Ferienhaus, das an eine Jugendgruppe vermietet wurde, wird sich leicht ermitteln lassen. Viele Eigentümer wollen nämlich lieber mit Familien ins Geschäft kommen und geben so einer Gruppe im Zweifelsfall eher einen Korb.«

Bevor die Kommissare sich weiter unterhalten konnten, wurden sie von dem Arzt angesprochen: »Das Opfer kam durch einen einzigen gezielten Messerstich ums Leben, die Waffe hat offenbar das Herz verletzt. Der Tod muss innerhalb weniger Augenblicke eingetreten sein. Den genauen Todeszeitpunkt wird mein Kollege im gerichtsmedizinischen Institut exakt bestimmen können.«

Der Doktor stellte einen Totenschein aus und gab Antje das Dokument. Währenddessen rief Roland einen Kutscher an, der den Polizisten schon öfter beim Leichentransport aufs Festland geholfen hatte. Speditionsaufgaben wurden auf Juist von Pferdegespannen erledigt. Der Fuhrmann sagte zu, so bald wie möglich am Strand zu erscheinen. Der Kommissar hatte wohlweislich eine Kunststoffplane mitgenommen, um die sterblichen Überreste abzudecken. Es gab trotz der frühen Morgenstunde einige Schaulustige, die offenbar durch die Polizeiuniformen magisch angezogen wurden und bereits mit ihren Smartphones zu filmen begannen.

»Gehen Sie bitte weiter, hier gibt es nichts zu sehen!«, rief Antje ihnen zu. Allerdings machte sie sich keine Illusionen darüber, dass es etwas nützen würde. Der Arzt verabschiedete sich, und die Kommissarin stocherte mit einem länglichen Stück Treibholz in der Asche.

»Hast du etwas gefunden, Antje?«

Sie nickte und zog mit ihrer behandschuhten Rechten ein verkohltes Schmuckstück aus der erkalteten Feuerstelle.

»Schau dir das an, Roland. Ich schätze, wir haben es hier mit einer Brosche oder einem Amulett zu tun. Ich hatte angenommen, dass das Feuer nur aus Gründen der Romantik entfacht worden wäre. Oder vielleicht war den Leuten später am Abend einfach kalt. Aber es sieht so aus, als ob dieser Gegenstand hier unbedingt vernichtet werden sollte.«

»Metall brennt leider nicht besonders gut«, stellte der Inselpolizist trocken fest. Er fuhr fort: »Um das Schmuckstück loszuwerden, hätte man es besser mit viel Schwung in die Nordsee geworfen. Da hat wohl jemand nicht richtig nachgedacht. Oder das Ding ist aus Gründen im Feuer gelandet, die wir noch nicht kennen.«

»Ja, es gibt viel zu tun. Zunächst sollten wir uns auf Niklas' Freunde konzentrieren«, gab Antje zurück. Während sie und ihr Kollege auf den Fuhrmann warteten, telefonierte sie mit dem gerichtsmedizinischen Institut Oldenburg und kündigte die baldige Überstellung eines Leichnams an. Zumindest für den eigenen Gebrauch konnten die Inselpolizisten den Zeitraum der Ermordung grob eingrenzen. Sie wussten schließlich, wann ihnen Niklas quicklebendig begegnet war.

»Die Musikanlage wurde hier nicht mehr benutzt«, vermutete Roland. Er fuhr fort: »Ich stelle mir vor, dass die Gruppe nach der Begegnung mit uns zu ihrem Ferienhaus zurückkehrte. Niklas hingegen blieb am Strand, vielleicht mit einer der jungen Frauen. Er hoffte auf romantische Zweisamkeit, daher das Feuerchen. Doch dann wurde die Stimmung getrübt. Aus Gründen, die wir noch nicht kennen, landete das Schmuckstück in den Flammen. Und die Täterin rammte Niklas ein Messer in den Rücken.«

»So könnte sich die Tat zugetragen haben«, erwiderte Antje, »und da die Gruppe aus zwei Männern und drei Frauen bestand, haben wir zumindest schon mal mehrere Verdächtige, die wir befragen müssen. Solange wir das Verhältnis der Personen zueinander nicht kennen, ist jede Überlegung pure Spekulation. Es könnte nämlich ebenso möglich sein, dass Niklas von einem völlig Unbekannten aus purer Mordlust getötet wurde. So etwas soll auch schon vorgekommen sein.«

Die Kommissarin wusste, dass ihre Annahme eher unwahrscheinlich war. Trotzdem wollte sie sich nicht zu früh auf nur eine Möglichkeit konzentrieren. Ihr Kollege nickte und sagte: »Ja, wenn wir mehr über die Tatumstände wissen, werden wir klarer sehen. – Woher stammt das Messer? Lassen sich Fingerabdrücke auf dem Griff nachweisen? Haben alle Verdächtigen ein Alibi? Wer hat Niklas so gehasst, dass er oder sie ihn tot sehen wollte?«

Als der Fuhrmann kam, hievten die Kommissare mit vereinten Kräften die in eine Kunststoffplane eingewickelte Leiche auf den Pferdewagen. Dann begleiteten sie den Kutscher zum Fährhafen, von wo aus Niklas' sterbliche Überreste später aufs Festland gebracht werden sollten. Die Schiffscrew war informiert, außerdem rief Antje beim Polizeikommissariat Norden an. Kollegen von dort würden sich um den Weitertransport zum gerichtsmedizinischen Institut Oldenburg kümmern. Während diese Formalitäten geregelt werden mussten, erinnerte die Inselpolizistin sich an die Begegnung am Vorabend. Wie war die Stimmung gewesen? Sie hatte die Partyrunde als feuchtfröhlich und heiter angesehen. Doch aus Erfahrung wusste sie, dass die munteren Zecher wie aus heiterem Himmel aneinandergeraten konnten. Vor allem, wenn eine Menge Alkohol im Spiel war.

»Antje?«

Ihr wurde plötzlich bewusst, dass Roland sie angesprochen hatte. Die beiden befanden sich im Fährterminal der Insel, wo sie soeben den Leichnam bis zum Eintreffen des Schiffs in einem Frachtraum abgelegt hatten.

»Entschuldige, ich war in Gedanken.«

»Das ist kein Problem. Ich fragte gerade, ob wir uns gleich hier nach dem Ferienhaus erkundigen wollen.«

Mit diesen Worten deutete ihr Kollege auf die Nebenstelle der Touristinformation, die sich in der Eingangshalle des Terminals befand.

»Ja, natürlich. Lass uns keine Zeit verschwenden«, erwiderte Antje und trat auf die junge Frau hinter der Bedienungstheke zu. Die Kommissarin grüßte und brachte ihr Anliegen vor. Die Servicekraft hatte im Handumdrehen die passenden Daten herausgefunden: »Ja, ein Ferienhaus für sechs Personen wurde vor einer Woche an einen Hauptmieter mit dem Vornamen Niklas vermittelt. Der volle Name lautet Niklas Brenner. Die Gästebeiträge für ihn und vier weitere Urlauber sind bereits bezahlt worden.«

Roland hakte nach: »Also wird das Haus nur von fünf Menschen bewohnt?«

»Ja – oder eine sechste Person hat sich ihre *Töwercard* noch nicht abgeholt«, lautete die Antwort.

Jeder Juistbesucher erhielt nämlich für die Zahlung des Gästebeitrags die *Töwercard*, die zahlreiche Vergünstigungen bot. Außerdem benötigte man diesen Ausweis, um beim Verlassen der Insel wieder auf die Fähre zu gelangen. Daher war es eigentlich nicht möglich, sich »versehentlich« vor der Gebühr zu drücken. Die Kommissare erfuhren, dass Niklas

Brenners Unterkunft sich in der Dünenstraße befand. Antje und Roland bedankten sich bei der Dame von der Touristinformation und machten sich auf den Weg. Die Dünenstraße gehörte zu den längsten Verkehrsadern von Juist. Sie führte vom Januspark aus in Richtung Flugplatz. Das Ferienhaus der jungen Leute befand sich unweit der Ecke Karl-Wagner-Straße. Von dort aus waren es nur wenige Minuten bis zu dem Strandabschnitt, wo die Kommissare Niklas' Leiche und das erloschene Lagerfeuer gefunden hatten.

»Ich kenne den Vermieter«, sagte Antje, während sie ihr Fahrrad bremste, abstieg und das Gefährt gegen den Gartenzaun lehnte. Sie fuhr fort: »Gerrit Oelde ist zwar fast schon so alt wie mein Papa, fühlt sich aber als Berufsjugendlicher. Daher vermietet er vorzugsweise an Menschen, die deutlich unter dreißig sind.«

»Oelde?«, wiederholte Roland. »Ist das nicht dieser Zausel mit den langen grauen Haaren, der immer barfuß herumläuft?«

»Ja, genau den meine ich. Seine Pubertät hält offenbar seit fünfzig Jahren an, vielleicht kommt das vom Kiffen.«

Während die Kommissare miteinander redeten, gingen sie auf das Ferienhaus zu. Auf den ersten Blick unterschied es sich nicht von anderen Gebäuden auf Juist. Es war ein solides Friesenhaus in Backstein-Bauweise. Doch bei genauerem Hinsehen bemerkte man die Vernachlässigung: Von den Fensterläden blätterte die Farbe ab, zwischen den Pflastersteinen des kleinen Gartenwegs spross Unkraut, und die Regenwassertonne war offensichtlich leck.

Neben der Eingangstür stand ein offener blauer Müllsack. Die Kommissarin linste hinein und sagte: »Bierdosen von derselben Marke wie gestern Abend am Strand.«

»Dürfte nicht ganz einfach sein, die Rasselbande wach zu bekommen«, mutmaßte ihr Kollege.

Antje gab ihr Bestes, indem sie Sturm klingelte. Und tatsächlich dauerte es nicht lange, bis ein junger Mann die Tür öffnete. Antje schätzte den mageren Blonden auf Anfang zwanzig. Er war nur mit Boxershorts bekleidet und blinzelte die Polizisten mit seinen geröteten Augen an.

»Was ist denn jetzt schon wieder los? Hab ich zu laut geschnarcht?«

»Das würden wir gern drinnen mit Ihnen besprechen«, sagte die Kommissarin. Sie stellte ihren Kollegen und sich selbst vor, dann fragte sie: »Und wie lautet Ihr Name?«

»Ich bin Lennard Kehl. – Hören Sie, wir haben uns lammfromm verhalten, nachdem Sie gestern bei uns waren.«

Seine Stimme klang rau. War Kehl nur verkatert oder lastete etwas auf seiner Seele? Antje konnte ihn nach nur wenigen Sekunden noch nicht richtig einschätzen. Sie erkannte ihn jedenfalls wieder, auch er war bei der Strandparty dabei gewesen. Kehl gab die Tür frei, und die Inselpolizisten folgten ihm ins Haus. Dort roch es nach abgestandenem Bier und Sonnenöl sowie Körperausdünstungen. Antje konnte sich lebhaft vorstellen, dass man die Party hinter verschlossenen Türen fortgesetzt hatte.

»Können wir uns irgendwo setzen?«, fragte sie.

»Wozu?«, lautete die Antwort. »Wollen Sie sich hier häuslich niederlassen?«

»Setzen wir uns einfach«, beharrte die Kommissarin. Kehls abweisende Art kam ihr aufgesetzt vor. Seine mangelnde Körperspannung passte nicht zu einem Mann, der sich mit Kraft und starkem Willen durchzusetzen versteht. So ein Typ war dieses dürre Kerlchen in den albernen Boxershorts nicht, das erkannte sie auf den ersten Blick.

Kehl führte die Inselpolizisten in die Küche, wo ein großes Chaos herrschte. Aufräumen schien für kein Gruppenmitglied eine erstrebenswerte Tätigkeit zu sein. Und offenbar hatte es sich unter ihnen noch nicht herumgesprochen, dass sich ein Marmeladenglas nach Gebrauch wieder zuschrauben und wegstellen lässt. Der junge Mann setzte schweigend die Kaffeemaschine in Gang. Er hatte jetzt seine Taktik geändert und hoffte anscheinend, dass die Kommissare verschwinden würden, wenn er sie einfach nicht beachtete. So wie ein böser Traum, der durch das Aufwachen endet.

»Wir sind wegen Niklas Brenner hier«, sagte Roland ruhig.

Kehl drehte sich abrupt zu ihm um und fauchte: »Ach, wirklich? Wollen Sie Niklas auch auf die Nerven gehen?«

»Leider müssen wir Ihnen mitteilen, dass Niklas Brenner tot aufgefunden wurde«, gab Antje zurück.

Der junge Mann stand vor der Spüle, deren Rand er nun mit beiden Händen umklammerte. Dies geschah so heftig, dass die Haut über den Fingerknöcheln beinahe weiß wurde. Er rang nach Atem, seine Miene spiegelte grenzenloses Entsetzen wider. Als Nächstes begann Kehl bitterlich zu weinen.

Kapitel 3

Antje ging zu ihm hinüber und legte ihm eine Hand auf die Schulter.

»Beruhigen Sie sich bitte. Setzen Sie sich und atmen Sie tief durch«, sagte sie.

Der junge Mann gehorchte. Sein Körper schien noch mehr zu erschlaffen. Wie ein nasser Sack ließ er sich auf einen der Küchenstühle fallen. Dann stemmte er seine Ellenbogen auf die Tischplatte und vergrub sein Gesicht in seinen Handflächen. Seine Schultern zuckten. Für die Ermittler stand fest, dass sie während der nächsten Minuten keine brauchbare Information von ihm bekommen würden. Die Kommissarin ließ kaltes Wasser in ein Glas laufen und reichte es Kehl.

»Trinken Sie, das wird Ihnen guttun.«

Er kam ihrer Empfehlung nach. Mit zitternden Händen griff er nach dem Gefäß und trank die Flüssigkeit mit kleinen Schlucken. Er stellte das Glas wieder ab und wischte sich die Tränen von den Wangen.

»Das musste ja so kommen«, brachte Kehl mit brüchiger Stimme hervor.

Antje hakte nach: »Wie meinen Sie das?«

»Vergessen Sie es, das war nur so ein Spruch.«

»Niklas Brenner war jung und schien an keiner schweren Krankheit zu leiden«, stellte Roland klar. »Und Ihre Worte kann ich nur so verstehen, dass sein Tod Sie nicht überrascht.«

Bisher hatten die Inselpolizisten nicht erwähnt, dass ein Messerstich das Leben des Opfers beendet hatte. Kehl sagte: »Sie haben Niklas nicht gekannt, obwohl Sie ihm einmal kurz begegnet sind. Er war mein bester Freund, alle liebten ihn. Ich schätze, das ist ihm zum Verhängnis geworden. Es wundert mich nicht, dass ihn jemand umgebracht hat.«

»Von Mord war bisher noch keine Rede.«

»Sie haben es nicht erwähnt, Frau Fedder. Aber Niklas wurde doch von einem anderen Menschen getötet, oder etwa nicht?«

Roland stellte eine Gegenfrage: »Wie viel wissen Sie darüber?«

»Gar nichts, ehrlich. Ich habe Niklas nicht umgebracht, das müssen Sie mir glauben«, beteuerte Kehl. Ihm schien allmählich bewusst zu werden, dass die Beamten ihn für den Täter halten könnten. Vermutlich hatte er noch einen gewissen Restalkohol im Blut, zumindest deuteten seine verwaschene Sprache und sein verkatert wirkendes Aussehen darauf hin. Antje durfte nicht jedes seiner Worte auf die Goldwaage legen.

»Sie selbst haben damit begonnen, über Mord zu sprechen«, stellte die Kommissarin klar.

Kehl breitete die Arme aus, in Antjes Augen war das eine Geste der Hilflosigkeit.

»Niklas verstand es, sehr starke Gefühle zu verursachen. Ich könnte mir vorstellen, dass jemandem die Sicherungen durchgebrannt sind«, meinte er zögernd und fügte hinzu: »Dann könnte die Person die Kontrolle verloren haben.«

»Hegen Sie einen konkreten Verdacht?«, hakte Roland nach.

Die Antwort kam mit Zeitverzögerung: »Ich will niemanden beschuldigen.«

»Wir führen hier eine Morduntersuchung durch, Herr Kehl. Wenn Sie uns etwas verschweigen, können Sie selbst große Schwierigkeiten bekommen«, warnte Antje. Und sie fügte mit versöhnlichem Tonfall hinzu: »Das Opfer war Ihr bester Freund, das haben Sie selbst gesagt. Wollen Sie uns nicht dabei helfen, den Täter zu ermitteln?«

Der junge Mann wand sich wie ein Aal. Er schien einen inneren Kampf auszufechten.

»Marie Wanders könnte es getan haben.«

Antje notierte sich den Namen und fragte: »Ist das die junge Frau namens Marie, die gestern Abend am Strand dabei war?«

Kehl nickte.

»Was für ein Motiv hätte sie gehabt, Ihren Freund zu töten?«

»Es wäre denkbar, dass Niklas ihre Liebe nicht erwidert hat, Frau Fedder. Sie ist bis über beide Ohren in ihn verknallt. Marie kommt mir nicht wie ein Mensch vor, der eine Zurückweisung gut wegstecken kann.«

Die Kommissarin dachte an den seltsamen Anruf zurück, den sie am Vortag erhalten hatte. Antje war ziemlich sicher gewesen, dass sie mit Marie telefoniert hatte. Die Anruferin hatte verzweifelt und verwirrt geklungen. Ob das der Auftakt zu einer späteren Verzweiflungstat gewesen war? Auf jeden Fall mussten die Ermittler dringend mit der jungen Frau sprechen. Antje wollte schon nach Marie fragen, doch in diesem Moment sprach Roland Kehl an: »Ist es möglich, dass Sie uns noch etwas verschweigen?«

Es gab keinen Beweis für die Vermutung des Kommissars, wenn man vom schuldbewussten Gesichtsausdruck des Zeugen absah. Für Antje stand fest, dass ihr Kollege nur auf den Busch klopfen wollte. Er hatte jedenfalls Erfolg damit.

»Also, auch Ria Holm käme als Täterin infrage«, platzte Kehl heraus, »und Clara Opitz hätte auch einen Grund gehabt, falls Niklas nichts von ihr wissen wollte!«

Kurzzeitig herrschte Stille in der Küche. Das einzige Geräusch kam vom Hufeklappern der Gespannpferde einer Kutsche, die draußen vorbeifuhr. Friedliche Töne, die nicht zu den ungeheuerlichen Anschuldigungen passen wollten.

»Sind diese drei Frauen gestern alle am Strand mit Niklas und Ihnen zusammen gewesen?«

»So ist es, Frau Fedder.«

»Und Sie behaupten, dass eine von ihnen Niklas Brenner umgebracht haben soll?«

»Beweisen kann ich es natürlich nicht, ich war ja nicht dabei. – Die drei Mädels waren alle scharf auf meinen Freund, jede von ihnen hat sich Chancen bei ihm ausgerechnet!«

War diese Aussage glaubhaft? Bevor Antje nicht die Version der Frauen gehört hatte, notierte sie Kehls Angaben zunächst als das, was sie waren: Behauptungen eines Zeugen, der vielleicht selbst den Mord begangen hatte. Noch gab es nämlich keinen Grund, ihn als Verdächtigen auszuschließen. Seine Tränen waren nämlich nach Ansicht der Kommissarin keineswegs ein Beweis für seine Unschuld.

Die Kaffeemaschine gab ein finales Blubbern und Zischen von sich, die Zubereitung war abgeschlossen. Die Inselpolizistin nutzte das kurze Schweigen, um drei Becher aus dem Hängeschrank zu holen und für Kehl, Roland und sich selbst Kaffee einzugießen. Natürlich tat sie es nicht nur, weil sie Durst hatte. Antje hoffte, dass Kehl durch die Koffeinzufuhr gesprächiger wurde.

Immerhin schien ihm die heiße aromatische Flüssigkeit gutzutun. Seine Wangen bekamen wieder etwas Farbe, nachdem er schlürfend einige Schlucke zu sich genommen hatte.

»Wir müssen erfahren, was sich gestern Abend ereignet hat«, stellte sie klar und fügte hinzu: »Am besten beginnen Sie mit Ihrem Bericht an dem Zeitpunkt, nachdem mein Kollege und ich Sie wegen des Lärmpegels zurechtgewiesen hatten.«

»Gut, wie Sie wollen. – Niklas wurde sehr ernst, als Sie außer Hörweite waren. Er setzte Marie unter Druck, weil sie unbedingt Musik hatte hören wollen. Mein Freund sagte wörtlich: ›Wegen dir ist die Polizei hier erschienen. Das gibt einen dicken Minuspunkt für dich.‹ Daraufhin fing Marie an zu flennen und zu betteln. Aber Niklas ließ sich nicht erweichen.«

An dieser Stelle hakte Roland ein: »Minuspunkt – was soll das bedeuten?«

»Das können Sie wörtlich nehmen, Herr Witte. Niklas hatte angeboten, dass nach dem Juisturlaub eines der Mädels seine feste Freundin werden konnte. Aber dafür mussten sie einige Aufgaben lösen und Punkte sammeln.«

»So wie in diesen bekloppten Kuppelshows im Fernsehen?«

Antje fand selbst, dass ihre Frage sich fassungslos anhörte. Doch der Freund des Toten beantwortete sie ganz ernsthaft: »Ja, so ungefähr. Aber bei diesen Sendungen ist alles nur Schmierentheater, während Niklas zu seinem Wort gestanden hätte …«

Kehl schluckte hörbar, seine Augen wurden erneut feucht. Er wischte sich die Tränen mit dem Handrücken weg und trank mehr Kaffee. Ob er selbst von den Dingen überzeugt war, die er von sich gab? Roland klang jedenfalls skeptisch: »Soso, durch unser polizeiliches Auftreten hat also Marie einen Minuspunkt kassiert. Gab es denn an dem Abend noch Wettbewerbe zwischen den Frauen? Wie muss ich mir das vorstellen?«

»Niklas bat die Mädels, jeweils das Haus einer Wellhornschnecke zu suchen. Diejenige, die ihm als Erste so ein Ding brachte, durfte eine halbe Stunde mit ihm allein verbringen.«

Antje bemerkte Rolands verständnislosen Blick und erklärte: »Wellhornschnecken kommen auf Juist wirklich recht häufig vor, und man kann ihre Schneckenhäuser durchaus am Strand finden. Das dürfte allerdings nicht ganz einfach für die Kandidatinnen gewesen sein, weil sie nicht mehr nüchtern waren und sich die Lichtverhältnisse verschlechterten.«

Kehl lachte und erwiderte: »Ja, das haben Sie richtig erkannt. – Marie hat sich dann auch gleich abgesondert und telefoniert, anstatt sofort mit der Suche zu beginnen. Es wundert mich nicht, dass Clara gewonnen hat.«

Die Kommissarin blätterte in ihrem Notizbuch zurück. Sie fragte: »Wann haben Sie eigentlich den Strandabschnitt verlassen, an dem wir Sie aufgesucht haben?«

»Das geschah, kurz nachdem Sie wieder fort waren. Niklas wies mich an, die Musikanlage ins Ferienhaus zu bringen. Das habe ich getan. Nachdem ich zurückgekehrt war, verkündete er den Schneckenhaus-Wettbewerb.«

»Taten Sie eigentlich alles, was Niklas von Ihnen verlangte?«, wollte Roland wissen.

Die Frage schien Kehl zu überraschen. Er sagte: »Ja, sicher. Er war der beste Freund, den ich jemals hatte. Seit ich ihn kennenlernte, ging es steil bergauf mit mir. Was soll ich jetzt bloß ohne ihn mit meinem Leben anfangen?«

Der junge Mann schien wieder in seiner Trauer versinken zu wollen, doch dafür war jetzt keine Zeit. Antje beugte sich über den Tisch, sodass sie ihm direkt in die Augen schaute.

»Also ging Niklas mit Clara weg?«, fragte die Kommissarin.

Kehl nickte.

»Um welche Uhrzeit geschah dies?«, hakte sie nach.

»Es muss zwischen halb zehn und zehn Uhr abends gewesen sein. So genau erinnere ich mich nicht.«

»Schön, Herr Kehl. Und was haben Sie getan?«

»Marie, Ria und ich tranken noch einige Biere. Wir haben darauf gewartet, dass Niklas und Clara zurückkamen. Aber das geschah nicht. Eine Stunde später sagte Marie, dass sie die Nase voll hätte und sich nicht verschaukeln lassen wollte. Sie haute ab. Mir wurde allmählich kalt, obwohl ich ganz schön blau war.«

Roland unterbrach Kehl: »Haben Sie kein Feuer angezündet?«

»Wie bitte? Nee, das haben wir nicht getan«, behauptete der Zeuge. Er fuhr fort: »Kurz vor Mitternacht kam Niklas allein zurück. Er sagte mir, dass ich zum Ferienhaus zurückkehren sollte. Das tat ich auch. Wann Ria und Clara gingen, weiß ich nicht. – Es war das letzte Mal, dass ich ihn lebend sah.«

»Niklas ist tot?!«

Diese Worte stieß eine junge Frau voller Entsetzen aus. Weder Antje noch Roland oder Kehl hatten sie bemerkt. Nun stand sie in der offenen Küchentür, nur mit einem Slip und einem T-Shirt bekleidet. Ihre Haare standen ungekämmt vom Kopf ab, auch sie hatte dem Alkohol am Vorabend offenbar reichlich zugesprochen. Sie riss ihre Augen weit auf, Tränen rannen über ihre Wangen hinab.

»Es tut mir sehr leid, Ria«, murmelte Kehl.

Kapitel 4

Falls der Zeuge die Wahrheit gesagt hatte, dann waren diese Frau und Clara zuletzt bei dem Ermordeten gewesen, abgesehen natürlich von dem Mörder oder der Mörderin. Die Kommissarin stand auf und trat auf Ria zu.

»Moin, ich bin Kommissarin Fedder, das ist Kommissar Witte. Wir sind von der Juister Polizei. Leider wurde Niklas Brenner heute Morgen tot aufgefunden, wir müssen von einem Gewaltverbrechen ausgehen. Können wir Ihnen dazu einige Fragen stellen, Frau …?!«

»Holm, Ria Holm.«

Antje schätzte sie auf Anfang bis Mitte zwanzig. Ria Holm hatte kastanienbraunes Haar, das bis zu ihren Schultern reichte. Nach Ansicht der Kommissarin war sie recht hübsch, aber keine klassische Fotomodell-Schönheit. Antje bemerkte sofort den metallenen Anhänger, den Ria Holm an einem Band um den Hals trug. Er ähnelte jenem Exemplar, das die Polizisten in der Asche des Feuers gefunden hatten.

»Was ist das für ein Schmuckstück?«, fragte die Ermittlerin und deutete darauf.

Ria Holms Antwort bestand zunächst aus einem traurigen Lächeln, dann sagte sie: »Das ist ein Symbol dafür, dass ich eine Herzenskandidatin bin.«

»Herzenskandidatin?«

»Ja. Ich war würdig, mich um Niklas' Gunst bewerben zu dürfen.«

Sie brachte diesen Satz mit vollem Ernst vor. Antje warf Roland einen warnenden Blick zu. Ihr Kollege war schnell mit einem flotten Spruch zur Stelle, und Ria Holm hatte ihm soeben eine Steilvorlage geboten. Doch auch wenn die Kommissarin selbst es höchst unpassend fand, dass die jungen Frauen um den Toten gewetteifert hatten – Ria Holms Schmerz war höchst real. Und sie würde sich den

Beamten gewiss nicht öffnen, wenn Roland sich über sie lustig machte. Zum Glück besaß er genug Feingefühl, um Antje auch ohne Worte zu verstehen und jetzt einfach seinen Mund zu halten.

»Ich möchte mich gern unter vier Augen mit Ihnen unterhalten«, sagte die Kommissarin. Die junge Frau nickte. Ihr schien erst in diesem Moment bewusst zu werden, dass sie nur äußerst knapp bekleidet vor den Polizisten stand.

»Entschuldigen Sie, ich bin gerade erst aufgewacht …«

»Es wäre gut, wenn Sie auch Ihre Freundinnen heraustrommeln könnten«, sagte der Kommissar.

»Das sind nicht meine Freundinnen!«, fauchte Ria Holm giftig. Diese Reaktion erstaunte Antje nicht. Wenn Kehls Aussage den Tatsachen entsprach, musste zwischen den drei Frauen ein gnadenloser Konkurrenzkampf geherrscht haben. Ria Holm senkte den Kopf.

»Entschuldigung«, gab sie halblaut von sich, »ich werde die Mädels gleich mal aus den Betten werfen.«

»Bleibst du bei Herrn Kehl?«, fragte die Kommissarin ihren Kollegen. Sie wartete keine Antwort ab, sondern folgte Ria Holm, die soeben die Küche verlassen hatte. Eine Zimmertür stand halb offen.

»Da wohne ich«, erklärte die junge Frau im Vorübergehen. Dann klopfte sie an die Tür nebenan und trat ein, ohne auf eine Reaktion zu warten. Die Frau, die aufrecht im Bett saß, musste Clara Opitz sein. Wie Marie aussah, hatte Antje am Vorabend bereits registriert. Und auch Clara – falls sie es war – war bei der lautstarken Strandparty gewesen. Doch im Gegensatz zu Kehl und Ria Holm wirkte sie keineswegs verkatert. Sie machte einen ausgeruhten Eindruck. Außerdem war sie offenbar schon wach gewesen, bevor die andere junge Frau angeklopft hatte.

»Moin, Ria«, fragte sie mit glockenheller Stimme. »Warum bringst du denn die Polizei mit?«

»Clara … es ist etwas Furchtbares passiert. Niklas – er ist tot!«

Rias letzter Satz ging in einem Schluchzer unter. Darüber wunderte die Kommissarin sich nicht, offenbar hatte Ria diesen Mann sehr gemocht. Claras Reaktion fiel komplett anders aus. Ihr Mund formte sich zu einem O, außerdem strich sie sich eine Strähne ihres schwarzen Haares aus dem Gesicht.

»Das tut mir sehr leid«, sagte sie nach einem kurzen Moment des Schweigens. Doch diese Behauptung klang in Antjes Ohren eher nach einer Höflichkeitsfloskel. So wie eine Ansagerinnenstimme auf dem Bahnhof, die eine Zugverspätung bedauert. Tränen flossen bei Clara nicht. Dadurch wurde sie nicht automatisch verdächtig. Die Kommissarin führte sich vor Augen, dass diese Frau laut Kehls Aussage eine halbe Stunde lang mit Niklas allein gewesen war. Was hatte sich während dieser Zeit ereignet? Diese Frage wollte sie Clara stellen, aber am besten unter vier Augen. Antje trat in das Zimmer und nannte ihren Namen. Dann sagte sie: »Ziehen Sie sich bitte an, Frau Opitz. Ich möchte Sie zu den Ereignissen der letzten Nacht befragen.«

Clara hob ihre sorgfältig gezupften Augenbrauen.

»Woher kennen Sie meinen Nachnamen, Frau Fedder? – Ah, wahrscheinlich hat dieses kleine Wiesel sich bei Ihnen ausgeheult.«

»Von wem sprechen Sie?«

»Ich meine natürlich Lennard Kehl. Was wird dieser Steigbügelhalter jetzt nur mit seinem Leben anfangen, wo sein Idol nicht mehr unter uns weilt?«

»Wie kannst du nur so gefühllos sein!«, warf Ria mit zitternder Stimme Clara vor.

Antje musterte die Frau, die nun die Bettdecke zurückschlug, nachdenklich. Clara war zierlicher als Ria und Marie, sie konnte nicht größer als eins sechzig sein. In ihrem lachsfarbenen Pyjama wirkte sie nicht besonders feminin. Ihr Gesicht war nach Ansicht der Kommissarin sehr fein geschnitten. Es hatte etwas Puppenhaftes. Antje wusste, dass ihrem Freund eine solche Art von Frau nicht gefiel. Doch es gab zweifellos viele Männer, auf die Clara eine magische Anziehungskraft ausübte. Nach Einschätzung der Ermittlerin konnte sie nicht älter als zweiundzwanzig Jahre sein. Antje wandte sich nun an Ria: »Könnten Sie bitte Marie wecken? Wir müssen auch ihr die traurige Nachricht überbringen. – Und mit Ihnen spreche ich dann später ausführlicher unter vier Augen.«

Die junge Frau nickte und verließ das Zimmer. Clara erhob sich aus dem Bett, legte den Schlafanzug ab und schlüpfte in frische Unterwäsche sowie in Jeans und eine weiße Bluse. Sie grinste die Inselpolizistin an und sagte: »Normalerweise hätte ich erst geduscht, aber Sie haben es ja sehr eilig, Niklas' Mörder zu finden.«

Antje kniff die Augen zusammen.

»Woher wollen Sie wissen, dass Niklas umgebracht wurde? Das haben wir mit keiner Silbe erwähnt.«

Clara zuckte mit den Schultern.

»Ich habe es angenommen. Bei einem natürlichen Tod würde die Polizei nicht ermitteln, oder? Außerdem halte ich Niklas nicht für einen Mann, der an einem Unfall oder einer Krankheit stirbt.«

Warum nicht?

Diese Frage lag der Kommissarin auf der Zunge. Doch bevor sie diese stellen konnte, kam Ria zurück ins Zimmer gestürmt: »Marie ist nicht in ihrem Zimmer. Ihr Bett ist unberührt. Ich glaube, sie hat gar nicht hier geschlafen!«

Antje folgte ihr in Maries Zimmer. Es befand sich am Ende des Flurs. Das Bett war ordentlich gemacht, was nicht zu dem ersten Eindruck passte, den die Ermittlerin am Vortag von dieser jungen Frau gehabt hatte. Da war Marie allerdings betrunken gewesen. Antje wusste aus Erfahrung, wie stark Alkohol die Persönlichkeit der Menschen verändern konnte. Vor allem, wenn es um Gewalttätigkeit ging. Das kleine Zimmer wirkte gemütlich, Marie hatte nichts herumliegen lassen.

»Schauen wir, ob Marie sich anderswo im Haus aufhält«, schlug Antje vor.

Es dauerte nicht lange, bis sie und Ria alle Räume durchsucht hatten. Auch Niklas' Zimmer war nicht abgeschlossen. Insgeheim hatte Antje gehofft, dass Marie dort im Bett liegen würde, um auf diese Weise ihrem Schwarm nahe zu sein. Doch das war nicht der Fall.

»Marie ist verschwunden!«, sagte die Kommissarin zu ihrem Kollegen, der immer noch mit Kehl in der Küche saß.

Niklas' Freund sprang auf und schlug mit der Faust auf den Tisch.

»Diese Furie hat ihn auf dem Gewissen!«, rief er empört.

»Dafür gibt es keinen Beweis!«, sagte Antje scharf. »Oder waren Sie Zeuge der Tat?«

»Das nicht, aber …«

»Sie können nicht einfach mit Beschuldigungen um sich werfen«, stellte Roland klar. »Warum glauben Sie, dass Marie Ihren Freund auf dem Gewissen hat?«

»Sie ist ja schon ausgeflippt, als Niklas das Schneckensuchspiel angeregt hat! Während Ria und Clara gleich damit angefangen haben, den Strand abzugrasen, hat Marie sich erstmal zum Telefonieren zurückgezogen.«

Klar, da hat sie mich angerufen, dachte Antje. Diese Tatsache ging allerdings Kehl nichts an. Sie fragte: »Wo könnte Marie sich aufhalten?«

»Ich habe nicht die geringste Ahnung, Frau Fedder. Niklas und ich waren bei diesem Urlaub die Einzigen, die einander gut kannten. Die Mädels sind nur mitgefahren, weil jede von ihnen sich eine Chance bei meinem Freund ausrechnete.«

»Hat Sie das gar nicht gestört?«, hakte Roland nach. »Ich meine, Niklas war der Hahn im Korb – und für Sie konnte sich keine der Frauen erwärmen?«

»Nee, das war mir egal«, lautete die Antwort. »Mir gefällt nämlich keine von diesen dummen Gänsen!«

Von dieser Aussage war Antje ganz und gar nicht überzeugt, doch jetzt hatte die Suche nach der Verschwundenen Vorrang.

»Haben Sie Maries Mobilnummer, Herr Kehl?«

Der junge Mann nickte, zog sein eigenes Smartphone hervor und nannte eine Zahlenfolge. Die Kommissarin tippte die Nummer in ihr Telefon und rief an. Doch es sprang nur die Mailbox an.

»Moin, hier ist Kommissarin Fedder von der Polizei Juist. Frau Wanders, bitte rufen Sie mich sofort an, wenn Sie dies hören. Es ist dringend.«

Sie steckte ihr Telefon wieder ein.

»Die ist bestimmt schon über alle Berge«, kommentierte Kehl.

»Das wird sich zeigen«, gab Antje kühl zurück. Sie wandte sich an den jungen Mann und die beiden Frauen. Clara war inzwischen ebenfalls in der Küche erschienen, machte aber nach wie vor einen geistesabwesenden und emotionslosen Eindruck.

»Mein Kollege und ich werden nach Marie suchen. Falls sie zwischenzeitlich hier erscheinen sollte, geben Sie uns bitte sofort Bescheid. Und Sie drei bleiben hier im Ferienhaus und halten sich zu unserer Verfügung.«

»Hauptsache, Sie bringen Niklas' Mörderin hinter Gitter!«, forderte Kehl, wobei er Ria und Clara drohende Blicke zuwarf.

*

»Wir könnten bei der Staatsanwaltschaft eine Handyortung beantragen«, schlug Roland vor, als die beiden das Ferienhaus verlassen hatten und außer Hörweite waren.

»Ja, mein Lieber. Aber bis wir die Erlaubnis in Händen haben, werden wir gewiss keine Däumchen drehen. Es wäre doch gelacht, wenn wir Marie nicht auch ohne technische Hilfsmittel finden würden!«

»Siehst du die vorlaute junge Dame als Hauptverdächtige? – Was ist daran so komisch?«

Der Kommissar war irritiert, weil Antje angesichts seiner Frage spontan lachen musste. Sie sagte: »Entschuldige, ich will mich nicht auf deine Kosten amüsieren. Meiner Meinung nach hatten alle Mitglieder dieser merkwürdigen Gruppe ein Motiv, Niklas ins Jenseits zu befördern.«

»Einverstanden, Antje. Wenn der Adonis sich für eine der Damen und somit gegen die anderen entschieden hat, könnte bei ihnen die Zurückweisung in puren Hass umgeschlagen sein. Aber was ist mit Kehl? Er scheint wirklich tiefe Freundschaft für das Opfer empfunden zu haben.«

»Ich würde eher sagen, dass zwischen den beiden jungen Männern eine ungesunde psychische Abhängigkeit herrscht«, vermutete die Kommissarin. Sie fuhr fort: »Niklas war der Alphatyp, der geborene Macher. Kehl folgte ihm offenbar wie ein treues Hündchen. Aber vielleicht hat der Frauenschwarm ja den Bogen überspannt. Denk an die Auffindesituation der Leiche, Roland. Nichts deutet auf einen Kampf hin. Das bedeutet: Niklas war gegenüber seinem Mörder völlig arglos. Er wird weder von den drei Frauen noch von seinem Freund etwas Böses erwartet haben.«

»Vielleicht kann die Mordwaffe uns weiterbringen«, meinte der Inselpolizist. »Der Gerichtsmediziner wird das Messer an die Kollegen von der Kriminaltechnik weiterleiten, sobald er die Obduktion abgeschlossen hat.«

»Ja, Roland. Außerdem: Wer nimmt ein Messer zum Strand mit? Vielleicht ist die Waffe schon vor der Tat jemandem aufgefallen. Der Mord war geplant, wenn du mich fragst.«

Während die Kommissare miteinander sprachen, hatten sie die Polizeistation erreicht. Antje rief bei der Staatsanwaltschaft an und beantragte die Ortung von Marie Wanders' Smartphone. Die Inselpolizistin sollte benachrichtigt werden, sobald über die Anforderung entschieden worden war.

»Wir sollten noch einmal zum Leichenfundort zurückfahren«, schlug der Kommissar vor. »Noch steht nicht fest, ob Marie etwas mit dem Mord zu tun hat. Aber falls doch, dann könnte sie von dort aus geflohen sein.«

Antje war einverstanden, und sie machten sich auf den Weg. Wenig später standen sie auf dem Bohlenweg, von dem aus es nur einen Steinwurf weit bis zu der Feuerstelle war. Die verkohlten Treibholzreste waren bereits zum Teil vom feinen Flugsand zugeweht worden. Einen Tag später würde hier nichts mehr an das Lagerfeuer erinnern.

Die Inselpolizistin stellte sich mit dem Rücken zur brausenden Nordsee. Der Wind wehte so stark, dass sie sich hätte dagegenlehnen können. Antje versuchte, sich in Marie hineinzuversetzen. Die junge Frau hatte verwirrt geklungen, als sie angerufen hatte. Ob sie zu dieser Zeit bereits den Mord plante? Oder war etwas anderes geschehen, das sie so durcheinandergebracht hatte? Fest stand: Sie war nicht zum Ferienhaus zurückgekehrt. Konnte sie sich verlaufen haben? Das war selbst auf einer so kleinen Insel wie Juist möglich, zumindest theoretisch. Die Kommissarin dachte laut nach: »Marie wollte nicht zum Ferienhaus zurück, jedenfalls ist sie dort nicht angekommen. Und sie hat nicht noch einmal versucht, mit mir Kontakt aufzunehmen.«

»Dafür kann es die unterschiedlichsten Gründe geben«, gab Roland zu bedenken. »Vielleicht hat sie ihr Smartphone schlicht und einfach verloren. Das geschieht leicht, wenn man zu tief ins Glas geschaut hat.«

»Sprichst du aus Erfahrung?«, erwiderte Antje lächelnd, wurde aber gleich darauf wieder ernst. Sie sagte: »Falls Marie Hilfe suchte, hätte sie diese in einem Lokal oder einem Hotel finden können. Auf das Personal unserer Juister Betriebe kann man vertrauen. Wir wären sofort alarmiert worden, wenn die junge Frau dort aufgetaucht wäre und nicht weitergewusst hätte.«

»Das stimmt. Also glaubst du, dass sie instinktiv die Einsamkeit gesucht hat?«

Die Inselpolizistin nickte. Sie antwortete: »Das scheint mir die plausibelste Erklärung zu sein. Selbst wenn Marie sich auf Juist nicht auskennt, wird sie sich von den beleuchteten Straßen wegbewegt haben. Und wenn man das tut, gelangt man unweigerlich Richtung Kalfamer.«

»Du meinst die Ostspitze der Insel, wo hauptsächlich Seehunde und Vögel wohnen?«

»Ja, wir sollten uns dort näher umschauen«, sagte Antje.

Die Kommissare ließen ihre Fahrräder an der Strandpromenade zurück. Sie stapften durch den weichen Sand und ließen ihre Blicke über den breiten Streifen zwischen der Brandung und den bewachsenen Dünen schweifen. Je weiter sie sich vom Hauptstrand entfernten, desto weniger Menschen begegneten ihnen. Der Kalfamer gehörte zum Nationalpark Niedersächsisches Wattenmeer. Da es dort etliche Vogelnistgebiete gab, wurde er nur von wenigen gekennzeichneten Pfaden durchzogen. Wenn man am Strand entlang bis zur Ostspitze der Insel wanderte, konnte man von dort aus Norderney sehen. Die Kommissare waren momentan allerdings ausschließlich an der verschwundenen jungen Frau interessiert. Antje konnte aus den bisher bekannten Fakten noch kein richtiges Bild zusammensetzen. War Marie nun eine Mörderin oder ein weiteres Opfer? Oder hatte sie gar nichts mit Niklas' Tod zu schaffen und wollte einfach ihre Ruhe haben? Es waren viele Möglichkeiten denkbar, für Antjes Geschmack eindeutig zu viele. Plötzlich entdeckte sie ein Smartphone. Das schwarze Telefon war auf der breiten hellen Sandfläche unmöglich zu übersehen. Sie ging darauf zu und versuchte, es einzuschalten.

»Hier wird nach der PIN gefragt, die habe ich natürlich nicht«, meinte Roland, »außerdem wissen wir nicht, ob dieses Gerät Marie gehört.«

»Es wäre zumindest denkbar, dass wir ihr Handy gefunden haben. Du weißt doch, wie die jungen Leute sind – den Verlust ihres Smartphones würden sie eher bemerken, als wenn ihnen jemand den Arm abhackt.«

Der Kommissar fragte lachend: »Also findest du es verdächtig, dass noch niemand den Verlust des Telefons bei uns angezeigt hat?«

Sie zuckte mit den Schultern.

»Wahrscheinlich war Marie einfach zu blau und hat deshalb ihr Telefon nicht vermisst. Wir nehmen das Gerät auf jeden Fall mit.«

Die Kommissarin hatte bereits Handschuhe übergestreift und das Handy in einen Beutel für Beweisstücke getan. Die Ermittler setzten ihren Marsch fort, bis die Infohütte in Sicht kam.

»Was ist das eigentlich für ein Verschlag?«, fragte Roland und deutete auf die Holzkonstruktion.

»Die Beobachtungsplattform verfügt über ein fest verbautes Fernglas, außerdem gibt es dort einige Informationstafeln. Du kannst von dort aus die Dünen, den Wattrand und die Salzwiesen sehen, mit jeder Menge Piepmätze. – Und es gibt dort Ruhebänke, Roland. Es ist nicht wie im Vier-Sterne-Hotel, aber immer noch besser, als auf dem feuchten Sand zu liegen. Lass uns die Hütte mal genauer in Augenschein nehmen.«

Die Kommissare erklommen den hölzernen Steg, der zu dem Holzhäuschen auf dem Dünenkamm führte. Schon aus der Entfernung konnte Antje sehen, dass ihre Vorahnung sie nicht getäuscht hatte. Auf einer der Bänke hatte sich eine Gestalt in eine Stranddecke gerollt. Als die beiden näher kamen, hörte sie ein regelmäßiges Schnarchen. Antje stieg die letzten Stufen zur Infohütte hoch und beugte sich über die Schlafende. Es war Marie. Trotz des frischen salzigen Windes konnte die Kommissarin den Alkoholgeruch deutlich wahrnehmen.

»Willst du den Schönheitsschlaf beenden?«, fragte Roland, der sich zu seiner Kollegin gesellt hatte.

Sie nickte und rüttelte sanft an Maries Schulter. Dabei rutschte das Strandlaken zur Seite. Nun war die Bauchdecke der jungen Frau teilweise zu sehen. Dort befand sich eine frische Wunde.

»Ist das …?!«

Der Kommissar unterbrach sich selbst. Antje nickte, ihre Stimme klang grimmig: »Ja, genau. Jemand hat ihr ein Brandzeichen verpasst.«

Kapitel 5

Die Verletzung hatte die Form des Buchstabens N. Das konnte man trotz der Schnörkel am Rand deutlich erkennen. Doch das war für Antje in diesem Moment zweitrangig. Warum war Marie mit dieser Brandverletzung nicht sofort zum Arzt gegangen? Hatte der Alkohol ihr dabei geholfen, die Schmerzen zu ertragen? War diese Wunde der Grund für den Mord an Niklas Brenner? Hatte dieser Kerl seinen eigenen Nachnamen als Aufhänger für abartige Praktiken benutzt? Diese und andere Fragen drängten sich der Polizistin auf. Doch bevor sie nur eine davon stellen konnte, öffnete Marie die Augen. Die junge Frau gab ein langgezogenes Stöhnen von sich. Wahrscheinlich ließ die betäubende Wirkung des Rauschs inzwischen nach.

»Erkennen Sie mich wieder?«, fragte Antje. »Bewegen Sie sich nicht, Ihre Wunde muss versorgt werden.«

»Ich … bin die Auserwählte«, brachte Marie mit verwaschener Stimme hervor.

Für die Kommissarin stand fest, dass die junge Frau noch einen beachtlichen Restalkoholpegel im Blut aufwies. Es würde noch dauern, bis die Polizisten eine brauchbare Aussage von ihr bekommen konnten. Momentan stand ihre Gesundheit im Vordergrund. Antje durchsuchte schnell die Taschen der jungen Frau, fand aber weder Waffen noch gefährliche Gegenstände. Genau genommen hatte sie überhaupt nichts bei sich.

»Ich nehme sie.«

Mit diesen Worten trat Roland neben seine Kollegin und hob Marie auf seine Arme. Die Verletzte war nicht allzu schwer, und der dunkelhaarige Kommissar verfügte über genügend Kraft. Dies war zweifellos die beste Methode, um Marie zu einem Arzt zu bringen. Während Roland mit Marie die Stufen hinunterstieg, griff Antje zum Smartphone und rief schon mal einen der Badeärzte an, die auf der kleinen Insel praktizierten. Ein Krankenhaus gab es nicht. Die Kommissarin hoffte, dass der Mediziner die Brandwunde in seiner Praxis versorgen konnte. Falls eine aufwändigere Behandlung notwendig war, konnte man die Patientin immer noch ausfliegen.

Antje hatte mit dem Mediziner telefoniert, dessen Praxis vom Kalfamer aus am nächsten gelegen war. Sie befand sich in der Friesenstraße. Marie schien in einem Dämmerzustand zu sein, sie gab gelegentlich ein schmerzverzerrtes Stöhnen oder einzelne unzusammenhängende Worte von sich. Antje ging auf dem schmalen Pfad zwischen den Dünen voran und warf immer wieder besorgte Blicke über die Schulter nach hinten.

Momentan konnte die Kommissarin nur darüber spekulieren, was während der Nacht geschehen war. Das Schneckensuchspiel war ihr ja noch harmlos erschienen, wobei ihr die Grundidee eines Wettbewerbs um Niklas' Gunst reichlich abseitig vorkam. Vielleicht handelte es sich ja nur um ein Partyspiel, wenn auch eins von der besonders geschmacklosen Sorte. Kehls und Rias Gefühle für das Mordopfer waren jedenfalls tief genug gewesen, um echte Trauer hervorzurufen. Clara hingegen wirkte seltsam distanziert, obwohl sie ja angeblich eine halbstündige »Audienz« bei dem Angebeteten gewonnen hatte. Und was war mit Marie geschehen? Verdankte sie ihre Brandwunde Niklas und hatte sich mit dem Messerstich nur gewehrt? Während Antje diese Überlegungen durch den Kopf schwirrten, erreichten sie wenig später die Arztpraxis. Der Rückweg auf dem Wanderpfad zwischen den Dünen war leichter zu bewältigen als das Stapfen durch den weichen Sand. Der Mediziner hatte sein Behandlungszimmer bereits vorbereitet. Roland platzierte Marie vorsichtig auf der Liege.

»Könnten Sie mich anrufen, wenn die Untersuchung abgeschlossen ist?«, bat Antje.

Der Arzt war einverstanden. Die Telefonnummer der Polizei hatte er natürlich, auf der kleinen Insel kannte man einander.

»Ich will hier nicht warten, während Maries Wunde versorgt wird«, sagte die Kommissarin zu ihrem Kollegen, nachdem sie die Praxis wieder verlassen hatten. »Es wäre gut, wenn wir jetzt einen Happen essen könnten. Nachher werden wir nämlich den Rest der Rasselbande vernehmen müssen, und das kann dauern.«

»Ein ausgezeichneter Vorschlag«, meinte Roland und klopfte sich auf den Bauch.

Die beiden gingen zu *Frankies Grill* in der Strandstraße hinüber, wo sie meist ihre Mittagspause verbrachten. Da es inzwischen bereits zwölf Uhr war, hatte der beliebte Imbiss geöffnet. Antje bestellte ein Krabbenbrötchen, Roland wollte eine Bratwurst mit Pommes Frites. Während sie auf ihr Essen warteten, tranken sie an einem ruhigen Tisch in der hinteren Ecke Cola.

»Täusche ich mich – oder hat jede der drei Frauen ein Mordmotiv, Antje?«

»Mit dieser Vermutung liegst du ganz richtig. Allerdings würde ich auch Kehl als Verdächtigen nicht ausklammern. Er betont zwar oft und gern, dass Niklas sein bester Freund war – aber gerade dadurch liefert er uns ein überzeugendes Motiv auf dem Silbertablett.«

Der Kommissar hakte nach: »Du meinst, weil Kehl fürchtet, bei einer zukünftigen Liebesbeziehung dieses tollen Hechts zum fünften Rad am Wagen zu werden?«

Antje nickte und ergänzte: »Ja, und vielleicht gehen Kehls Gefühle sogar noch tiefer. Falls er zu den Männern gehört, die sich ihre Homosexualität nicht eingestehen können …«

»… dann muss er jede Frau, die seinen Traumprinzen will, als unliebsame Konkurrentin betrachten«, sagte Roland.

»Ich mag es nicht, wenn du meine Sätze beendest, Rollo. Ansonsten gebe ich dir recht, obwohl es in dem Fall logischer wäre, die Frau zu töten.«

Die Kommissarin sprach ihren Freund nur mit seinem Spitznamen an, wenn sie sich über ihn geärgert hatte. Sie wusste nämlich, dass er es verabscheute, Rollo genannt zu werden. Allerdings konnte sie ihm nie lange böse sein.

Er holte tief Luft und erwiderte: »Das muss nicht unbedingt so sein, Antje. Wenn Kehls große Liebe nicht mehr am Leben ist, muss er nicht befürchten, dass Niklas sich jemals mit einer anderen Person einlässt, ob nun Mann oder Frau. – Eine viel aussichtsreichere Mordverdächtige ist in meinen Augen allerdings Marie. Du warst doch sicher, dass sie dich angerufen hat. Wenn das stimmt – aus welchem Grund hat sie es später nicht noch einmal versucht? War sie mit Niklas zusammen, nachdem Clara verschwand? Hat er Marie das Brandzeichen verpasst, und der Messerstich geschah letztlich aus Notwehr?«

Die Kommissarin erwiderte: »Wenn Marie wieder nüchtern ist, wird uns ihre Aussage hoffentlich weiterbringen. Es macht mich jedenfalls richtig sauer, dass sie gebrandmarkt wurde wie ein Stück Vieh. So etwas hat man ja noch nicht mal im Mittelalter gemacht, oder? Das Symbol auf ihrem Bauch ist ein stilisiertes N. Da ist es doch naheliegend, Niklas als Urheber dieser Brandverletzung zu vermuten.«

Roland ergänzte: »Zumal Marie uns gegenüber verkündet hat, die Auserwählte zu sein. Wollte dieser Schmalspur-Adonis etwa die Frau als sein persönliches Eigentum kennzeichnen?«

Antje meinte: »Wir haben Niklas ja nur kurz erlebt, aber die übrigen Gruppenmitglieder hingen doch alle an seinen Lippen. Er war eindeutig der Leithammel, und es dürfte kein

Zufall sein, dass die Ferienhausbuchung auf seinen Namen erfolgte. Wir müssen auch mit Gerrit Oelde reden, vielleicht kann uns der Vermieter mehr über die jungen Leute erzählen. Er kann sie als Außenstehender gewiss objektiver beurteilen.«

Zunächst widmeten sich die Inselpolizisten nun ihrer Mittagsmahlzeit. Kaum hatten sie aufgegessen, als der Arzt anrief. Sie zahlten und gingen zur Praxis zurück, wobei sie einen kleinen Umweg machten, um die Fahrräder von der Strandpromenade zu holen.

»Die Patientin hat einen beachtlichen Restalkoholpegel im Blut und sollte erst einmal ausnüchtern«, erklärte der Mediziner. »Ich gehe davon aus, dass Sie am späten Nachmittag ein vernünftiges Gespräch mit ihr führen können. Ich habe ihr ein Beruhigungsmittel gegeben, weil sie sehr aufgeregt war. Aber sie hat eingesehen, dass ihre Brandverletzung versorgt werden muss.«

»Wie kam die Wunde überhaupt zustande?«, hakte Antje nach. »Durch ein Brandeisen, vermute ich.«

»Ja, dieser Meinung würde ich mich anschließen«, bestätigte der Arzt. »Ich gehe von einem Stück Metall aus, das glühend erhitzt und dann auf die Bauchdecke gedrückt wurde.«

»Das müssen ungeheure Schmerzen gewesen sein«, sagte Roland.

Der Mediziner nickte und sagte: »Der Alkohol hat der jungen Frau gewiss dabei geholfen, diesen Moment der Verbrennung zu überstehen.«

Antje musste an Maries Worte denken. War sie *auserwählt* worden, indem Niklas ihr sein Brandzeichen aufdrückte? Plötzlich bekam das Treibholzfeuer am Strand für die Kommissarin eine ganz andere Bedeutung. Es war nicht nur angefacht worden, um Wärme und eine romantische Stimmung zu erzeugen. Jemand hatte es benötigt, um ein

Brandeisen glühend zu machen. Wer hatte diese abscheuliche Tat begangen? War es wirklich Niklas gewesen? Und wenn ja, wo befand sich das Metallstück? Antje hatte die Leiche durchsucht und nichts dergleichen gefunden. Auch in der unmittelbaren Umgebung des erloschenen Feuers hatten die Polizisten keinen Gegenstand entdeckt, der diesem Zweck dienen konnte.

Die Stimme des Mediziners riss sie aus ihren Überlegungen: »Was die Brandwunde angeht, so hätte es noch schlimmer kommen können. Das Metall ist vermutlich nicht lange genug erhitzt worden, um der Patientin Verbrennungen dritten Grades zuzufügen. Ich habe sie in einen Nebenraum gebracht, wo sie sich ausruht. Sie können gern später wiederkommen und nach ihr sehen.«

Ob Marie einen Fluchtversuch unternehmen würde, falls sie wirklich für Niklas' Tod verantwortlich war? Antje hatte bei ihr weder Geld noch eine Kreditkarte gefunden. Insofern konnten die Polizisten es riskieren, sie nicht die ganze Zeit über im Auge zu behalten. Die beiden bedankten sich zunächst bei dem Arzt und versprachen, später vorbeizukommen.

»Wir müssen dieses Brandeisen finden«, sagte Roland, als sie auf dem Weg zum Ferienhaus waren, »es ist ein wichtiges Beweisstück.«

Seine Kollegin nickte. Sie erwiderte: »Und so ein Ding passt nicht in die Hosentasche, du hast ja die Ausmaße der Wunde gesehen. Ich wette, dass mindestens eine Person von der Existenz dieses Instruments wusste. Ich denke da an Niklas' Busenfreund.«

Noch gab es keinen Beweis dafür, dass Marie das Opfer erstochen hatte. Falls sie zuvor von ihrem Schwarm mit dem Brandeisen malträtiert worden war, stand auf jeden Fall die Möglichkeit einer Notwehr im Raum. Doch warum hatte sie nachts am Strand ein Messer dabeigehabt? Oder war die

Stichwaffe in Niklas' Besitz gewesen, und die junge Frau konnte sie ihm im Handgemenge abnehmen? Je länger Antje sich mit diesem Fall befasste, desto mehr Fragen tauchten auf.

Die Kommissare erreichten das Ferienhaus, und Roland klingelte an der Tür. Wieder wurde ihnen von Kehl geöffnet. Der junge Mann war inzwischen vollkommen bekleidet, er trug Jeans und ein verwaschenes blaues T-Shirt. Sein Haar war noch feucht, der Geruch eines billigen Duschgels lag in der Luft. Offensichtlich hatte Kehl sich inzwischen der Körperpflege gewidmet. Besonders erholt wirkte er trotzdem nicht. Seine Schultern waren gebeugt, als ob er eine schwere Last auf ihnen tragen müsste.

»Moin, wir müssten noch einmal mit Ihnen allein sprechen, Herr Kehl«, sagte Antje.

»Meinetwegen, gehen wir in mein Zimmer.«

Er schlurfte voraus, und die Polizisten folgten ihm in seine unaufgeräumte Behausung. Dort sah es so aus, wie Antje sich das Wohnumfeld eines chaotischen Teenagers vorstellte. Kehl war zwar schon schätzungsweise Anfang zwanzig, aber er schien seine Pubertät noch lange nicht hinter sich gelassen zu haben.

Sie bat ihn um seinen Personalausweis. Kehl gab ihr das Dokument. Sie hatte ihn gut eingeschätzt: Er war vor dreiundzwanzig Jahren in Bremen geboren worden, wo er immer noch lebte. Kehl ließ sich wie ein nasser Sack auf sein ungemachtes Bett fallen. Die Kommissare zogen es vor, stehen zu bleiben. Während Antje seine Daten notierte, sagte Roland: »Wir haben übrigens Marie Wanders gefunden.«

»Und – hat sie schon gestanden?«

Für Kehl schien bereits festzustehen, dass die junge Frau seinen Freund umgebracht hatte. Oder waren seine Andeutungen pure Taktik, um von seiner eigenen Schuld abzulenken? Antje musste zunächst ein intensives Gespräch mit Marie führen, um das Alibi der Verletzten zu überprüfen. Für die Kommissarin stand die Schuldige noch keineswegs fest. Und auch ihr Kollege hatte offensichtlich nicht die Absicht, auf Kehls Frage einzugehen.

»Sie leidet an einem gewaltigen Kater«, erwiderte der Kommissar, »ganz zu schweigen von den Brandwunden.«

Kehl reagierte nicht auf dieses Stichwort, er zuckte lediglich mit den Schultern.

»Brandwunden, sagen Sie? War Marie tagsüber zu lange in der Sonne? Das habe ich nicht gemerkt. Naja, sie hat ja einen sehr hellen Hauttyp, oder?«

Antje kniff die Augen zusammen. Falls Kehl von dem Brandeisen wusste, war seine Reaktion eiskalt und zynisch. Doch wenn er damit nichts zu schaffen hatte, dann hielt sie seine Worte für nachvollziehbar. Binnenländer unterschätzten oft die Wirkung der Sonne, vor allem am Strand und in Verbindung mit stetigem Wind, der die Hitze erträglicher machte. Sonnenbrand stellte an der Küste und auf den Inseln die häufigste Hauterkrankung dar. Die Kommissarin beschloss, nicht um den heißen Brei herumzureden. Sie zog ihr Smartphone hervor, rief das Foto von Maries Wunde auf und zeigte es Kehl.

»Diese Verletzung holt man sich nicht, indem man zu lange am Strand liegt!«, rief sie. Kehl zuckte zusammen, als ob er einen Stromschlag erhalten hätte. Nun war er nicht mehr so teilnahmslos.

»W-was ist das? Wer hat Marie das angetan?«

Er riss die Augen weit auf, das Blut wich aus seinen Wangen. Die Ermittlerin glaubte nicht, dass man eine solche körperliche Reaktion schauspielern konnte.

»Sie kennen die Antwort«, sagte Antje Kehl auf den Kopf zu. »Es war Niklas, nicht wahr?«

»Wie kommen Sie denn darauf? Mein Freund wäre niemals zu so einer Grausamkeit fähig!«, behauptete der junge Mann.

»Niklas war es doch, der einen perversen Wettbewerb um seine Gunst ausgerufen hat«, erinnerte die Kommissarin.

Kehl lachte, aber er klang nicht amüsiert.

»Ja, das hat er getan. Und ich weiß genau, was Sie über ihn denken!«

»Verraten Sie es uns«, schlug Roland vor.

»Sie halten meinen toten Freund für einen selbstverliebten Schönling, der die Menschen um den kleinen Finger wickeln kann und dem die Frauen zu Füßen liegen. Und damit liegen Sie komplett falsch. Ja, Niklas besaß Charme, und er konnte Leute für sich einnehmen. Doch dieser kleine Konkurrenzkampf hatte einen sehr ernsten Hintergrund.«

»Machen Sie es nicht so spannend, Herr Kehl«, forderte Antje.

Die Augen des jungen Mannes begannen feucht zu glänzen. Als er wieder den Mund öffnete, vibrierte seine Stimme: »Niklas litt an einer unheilbaren Erbkrankheit. Er wollte eine Frau heiraten, die ihm würdig war. Sie sollte von ihren Geldsorgen erlöst werden, denn mein Freund war sehr reich.«

Kapitel 6

Antje und Roland schauten einander in die Augen. Mit einer solchen Behauptung hatte keiner von ihnen gerechnet. Ob sie stimmte, stand auf einem anderen Blatt. Doch zumindest über die angebliche Krankheit würde die Obduktion des Leichnams eindeutige Informationen liefern. Nach einer kurzen Pause sagte die Kommissarin: »Erzählen Sie uns doch einfach, wie es zu dieser gemeinsamen Reise nach Juist gekommen ist.«

Kehl atmete tief durch und richtete seinen Blick Richtung Fenster. Dort gab es nach wie vor nur die Häuser auf der gegenüberliegenden Straßenseite und den blauen Nordseehimmel darüber zu sehen. Vielleicht sah der junge Mann nach draußen, um sich innerlich zu sammeln und an die jüngste Vergangenheit zu denken. Er begann: »Niklas war eine Kämpfernatur. Er wusste ja, dass in seiner Familie Fälle dieser verfluchten Huntington-Krankheit vorgekommen waren. Daher steckte er den Kopf nicht in den Sand, als er die Diagnose bekam. Niklas wollte vor seinem Tod noch etwas Gutes bewirken und seiner zukünftigen Witwe mit seinem Geld ein sorgenfreies Leben ermöglichen.«

Kehl lächelte, als er diese Worte aussprach. Sobald er über seinen ermordeten Freund redete, schien es ihm besser zu gehen. Antje fand es schwer vorstellbar, dass dieser Mann etwas mit Niklas' Tod zu tun haben sollte. Trotzdem konnte sie ihn nicht einfach von der Verdächtigenliste streichen. Sie stellte eine Zwischenfrage: »Niklas Brenner war ja noch jung. Wie kam er zu seinem Wohlstand? Hatte er geerbt?«

Kehl schüttelte den Kopf.

»Nein, Frau Fedder. Mein Freund wurde aus eigener Kraft reich. Er war Experte für Kryptowährungen und hat zur richtigen Zeit aufs richtige Pferd gesetzt.«

»Also ein Zocker«, meinte Roland trocken. »Bei diesem Internet-Spielgeld gibt es doch unzählige Verlierer und wenige Gewinner, oder?«

»Sie haben doch keine Ahnung!«, meckerte Kehl. Er fuhr fort: »Man muss clever sein, um diese Transaktionen zu kapieren. Das ist von einem Provinzbullen wie Ihnen wohl zu viel verlangt. – Auf jeden Fall besaß Niklas genug Geld, um seiner Witwe ein Luxusleben zu ermöglichen. Es gab mehr als genug Frauen, die sich für ihn interessierten. Aber mein Freund wählte nur drei von ihnen für diese Reise aus. Er mietete das Ferienhaus und plante, die Kandidatinnen auf Herz und Nieren zu prüfen. Diejenige, die ihm würdig erschien, wollte er nach dem Urlaub heiraten.«

Antje erinnerte sich an den Moment, als die betrunkene Marie sich selbst als »die Auserwählte« bezeichnet hatte. Doch als sie diese Worte von sich gegeben hatte, war sie durch den Alkohol und ihre Verletzung ziemlich durcheinander gewesen. Die Kommissarin nahm Kehls Geschichte zur Kenntnis, glaubte sie deshalb aber noch lange nicht. Sie fragte: »Und welche Rolle kam Ihnen bei diesem ›Auswahlverfahren‹ zu?«

Kehl warf sich in die schmale Brust und behauptete: »Ich war Niklas' einziger Vertrauter. Ich sollte ihm dabei helfen, die Richtige zu finden. Die Frauen wussten nichts von seiner Krankheit. Er wollte nicht, dass eine von ihnen aus Berechnung einer Heirat zustimmt. Es hätte Niklas ja egal sein können, was nach seinem Tod mit seinem Vermögen passiert. Aber er hat diesen Juisturlaub organisiert, bevor er seine allerletzte Reise antrat …«

Kehl senkte den Kopf, seine Schultern zuckten. Die Kommissare warteten, bis er sich wieder in der Gewalt hatte.

»Was haben diese Medaillons oder Amulette zu bedeuten, die wir bei den Frauen bemerkt haben?«, wollte Roland wissen.

»Niklas hat diese Schmuckstücke bei einem alten afrikanischen Goldschmied erstanden«, lautete die Antwort. »Angeblich sollen sie magische Kräfte besitzen. Mein Freund begeisterte sich immer schon für das Außergewöhnliche.«

»Wo hat Niklas die drei Interessentinnen überhaupt kennengelernt?«, fragte der Kommissar.

»Im Internet.«

»Das ist heutzutage aber nicht besonders originell«, gab Roland zu bedenken.

Kehl warf ihm einen gereizten Blick zu und erwiderte: »Mir ist klar, dass Sie von dem ganzen Auswahlverfahren nichts halten, obwohl es Sie überhaupt nichts angeht. Leider wurde Niklas von seinem Urteilsvermögen diesmal im Stich gelassen. Zwei Mädels mögen ja ganz in Ordnung sein – aber die Dritte hat meinen Freund auf dem Gewissen! Marie ist die Täterin, darauf wette ich! Sie müssen das Biest unbedingt verhaften!«

Antje vergegenwärtigte sich, dass Ria und Clara die Schmuckstücke noch besaßen, während Marie ihres offenbar ins Feuer geworfen hatte. Über diesen Punkt wollte sie später mit Roland noch intensiver sprechen. In Kehls Gegenwart würde sie ganz gewiss nicht über den Verdacht gegen Marie reden. Der junge Mann hielt sie ohnehin schon für die Mörderin, und die Brandwunde war natürlich ein überzeugendes Motiv. Noch gab es allerdings keinen Beweis dafür, dass Niklas die Frau gebrandmarkt hatte, obwohl auf den ersten Blick alles dafür sprach. Oder hatte Kehl Marie die Verbrennung zugefügt? Diese Möglichkeit kam der Kommissarin äußerst unwahrscheinlich vor. Kehls Schock beim Anblick der Wunde war echt gewesen, so eine Reaktion konnte man nicht vorspielen. Rolands Stimme riss sie aus ihren Überlegungen: »Überlassen Sie es uns, den Täter oder die Täterin zu ermitteln, Kehl! Wenn Sie uns wirklich helfen wollen, dann erzählen Sie uns noch mehr über Ihren Freund. Wo sind Sie einander begegnet? Und seit wann kennen Sie Niklas?«

Während der junge Mann beinahe hasserfüllt über Marie gesprochen hatte, wurde sein Tonfall nun sanft und schwärmerisch: »Das Schicksal sorgte dafür, dass Niklas' und mein Weg sich kreuzten. Wir wurden in Bremen-Hemelingen in derselben Klasse eingeschult, und seitdem sind wir unzertrennlich. Ich weiß wirklich nicht, was ich ohne ihn mit meinem Leben anfangen soll …«

Bevor Kehl sich wieder der Verzweiflung überließ, hakte Antje schnell nach: »Was machen Sie eigentlich beruflich?«

»Ich bin Fahrradkurier, momentan allerdings nach einem Unfall noch krankgeschrieben.«

Die Kommissarin taxierte unwillkürlich Kehls Statur. Ja, dieser Job passte zu ihm. Er war ein drahtiger und agil wirkender kleiner Mann. Sie konnte sich gut vorstellen, wie er sich auf einem Fahrrad halsbrecherisch durch die Blechlawinen einer Großstadt kämpfte. Um in dieser Branche bestehen zu können, benötigte man ihrer Meinung nach ein gesundes Maß an Aggressivität und Durchsetzungsvermögen. Sie musste sich eingestehen, dass sie Kehl bisher unterschätzt hatte.

»Sitzt Marie bereits hinter Schloss und Riegel?«, wollte Kehl wissen.

»Wir stellen hier die Fragen«, betonte Roland. »Warum halten Sie diese Frau eigentlich für die Mörderin Ihres Freundes?«

»Weil sie von Anfang an durchblicken ließ, dass sie kein Nein von Niklas hinnehmen würde. Ich halte Marie für völlig gestört. Sie hätten sehen sollen, was für Blicke sie Ria und Clara zugeworfen hat. Wenn wir Männer nicht dabei gewesen wären, hätte sie den beiden am liebsten die Augen ausgekratzt. Und als Niklas sich nicht ausschließlich um

Marie kümmerte, spielte sie die beleidigte Leberwurst. Sie kippte die Biere weg wie ein Matrose auf Landgang. Das haben Sie doch gestern selbst mitbekommen.«

In diesem Punkt musste Antje dem jungen Mann recht geben. Marie hatte bereits reichlich Schlagseite, als sie auf das Erscheinen der Polizisten mit einem blöden Spruch reagierte. Und später, bei dem kurzen Telefonat? Da schien Marie einen noch größeren Grad der Trunkenheit erreicht zu haben. Jedenfalls hatte die Kommissarin nicht wirklich verstanden, warum die junge Frau die Polizei alarmieren wollte.

Kehl redete sich weiter in Rage: »Glauben Sie mir, Marie gehört zu den Menschen, die nicht verlieren können. Ich habe sie dabei erwischt, wie sie in Claras Zimmer eingedrungen ist und dort herumschnüffelte. Als ich sie zur Rede stellte, behauptete Marie, sie hätte sich im Raum geirrt. – Hält sie mich für beschränkt? Man sieht doch sofort, ob in einem Zimmer die eigenen Dinge herumliegen oder nicht. Marie suchte wahrscheinlich nach Munition, um gegen ihre Rivalin sticheln zu können. Oder noch Schlimmeres. Wer weiß, was geschehen wäre, wenn ich sie nicht gestoppt hätte.«

»Haben Sie Niklas über Ihre Beobachtung informiert?«

»Selbstverständlich, Frau Fedder! Ich musste doch verhindern, dass eines der Mädels mit unfairen Mitteln spielt. Aber mein Freund lachte nur und sagte, dass er Marie schon ganz richtig eingeschätzt hätte. Und darüber wundere ich mich nicht. Niklas war ein ausgezeichneter Menschenkenner.«

Falls Kehls Aussagen der Wahrheit entsprachen, wurde Marie dadurch wirklich in ein noch schlechteres Licht gerückt. Allerdings konnte Antje sich immer noch nicht vorstellen, dass jemand anders als Niklas der jungen Frau die Brandwunde zugefügt hatte. Jedenfalls war es schwer vorstellbar, dass eine andere Kandidatin ein Brandeisen mit dem stilisierten Buchstaben N in ihrem Gepäck hatte.

Die Kommissarin klappte ihr Notizbuch so laut zu, dass ein knallendes Geräusch entstand.

»Das wäre für den Moment alles«, sagte sie zu dem Zeugen. »Halten Sie sich zu unserer Verfügung und kommen Sie nicht auf die Idee, uns ins Handwerk pfuschen zu wollen. Wir haben für solche Fälle eine erstklassige Arrestzelle, die nur auf Sie wartet.«

»Mir müssen Sie nicht drohen«, maulte Kehl. »Ich bin hier das Opfer, wie soll ich jemals über Niklas' Tod hinwegkommen?«

Bevor einer der Polizisten darauf etwas erwidern konnte, klingelte es an der Haustür. Wer das wohl sein konnte? Die Inselpolizistin eilte zum Eingang und öffnete. Ein grau melierter Herr im dunklen Anzug und mit Aktentasche stand vor ihr. Sie hatte ihn noch niemals zuvor gesehen.

»Moin, ich bin Kommissarin Fedder von der Polizei Juist. Und Sie sind …«

Der Unbekannte deutete eine Verbeugung an und reichte ihr seine Visitenkarte.

»Guten Tag, mein Name ist Dr. Rüdiger Noth. Ich bin Frau Clara Opitz' Rechtsbeistand.«

Kapitel 7

Dr. Noths Gesicht wirkte auf Antje so undurchdringlich, als ob es eine geschnitzte Holzmaske wäre. Sie hatte noch nichts von ihm gehört, doch sein Maßanzug und seine mit einem Edelstein besetzte Krawattennadel zeugten von seinem beruflichen Erfolg. Die Kommissarin war sicher, dass sie es mit einem hochkarätigen Juristen zu tun hatte. Laut der Visitenkarte war dieser Anwalt auf Strafrecht spezialisiert.

Bevor Antje sich von ihrer Überraschung erholen konnte, fuhr der Strafverteidiger fort: »Ich möchte jetzt sofort mit meiner Mandantin sprechen. Sie erwartet mich bereits. Danach bin ich gern bereit, mich mit Ihnen auseinanderzusetzen.«

»Warum benötigt Clara Opitz überhaupt einen Anwalt?«, fragte Roland, der einen halben Schritt hinter seiner Kollegin stand.

Dr. Noth warf ihm einen kalten, abschätzenden Blick zu und entgegnete: »Bei einer Morduntersuchung kann es nichts schaden, sich von Anfang an professionell vertreten zu lassen. Das sollten Sie als Polizeibeamter eigentlich wissen.«

»Selbstverständlich«, sagte Antje schnell, bevor Roland sich mit einer flapsigen Reaktion in die Nesseln setzen konnte. Sie fuhr fort: »Kommen Sie doch bitte zur Polizeiwache, sobald Sie sich mit Ihrer Mandantin beraten haben. Aber rufen Sie vorher an, damit Sie nicht vor verschlossener Tür stehen.«

»Wir haben nämlich noch ein paar andere Dinge zu erledigen«, ergänzte Antjes Kollege. Dr. Noth nahm mit ausdrucksloser Miene eine von Antjes Visitenkarten entgegen, die nicht halb so eindrucksvoll waren wie seine eigenen. Die Kommissare ließen den Anwalt eintreten und sagten ihm, wo sich Clara Opitz' Zimmer befand. Dann gingen sie hinaus und zogen die Tür hinter sich zu.

Die beiden gingen zur Praxis des Allgemeinmediziners zurück. Antje sagte: »Clara muss sofort telefonisch ihre Eltern aufgescheucht haben, nachdem wir sie vorhin angesprochen haben. Und die setzten daraufhin Dr. Noth in Marsch, der per Charterflug sofort hierher eilte. Anders kann ich mir nicht erklären, wie er so schnell nach Juist gelangen konnte.«

»Jetzt ist der *Notnagel* jedenfalls vor Ort«, spottete Roland, »Und ich frage mich, aus welchem Grund Clara unbedingt einen Strafverteidiger benötigt. Ob sie Niklas' Mörderin ist? Ihre Bestürzung angesichts der Todesnachricht schien sich jedenfalls in sehr engen Grenzen zu halten.«

»Das ist noch kein Beweis für ihre Schuld, und die Idee mit dem Anwalt kann auch ihrem Vater oder ihrer Mutter gekommen sein. – Für mich steht fest, dass diese Familie nicht am Hungertuch nagt, denn so einen hochkarätigen Juristen wie Dr. Noth muss man sich erst einmal leisten können.«

»Wie kommst du denn darauf, dass der Knabe etwas draufhat, Antje? Weil er seine Visitenkarten auf Büttenpapier drucken lässt?«

Sie erwiderte: »Du musst zugeben, dass Dr. Noth auf den ersten Blick einen sehr professionellen Eindruck macht. Vielleicht ist ja alles nur heiße Luft, das wird sich später bei der Unterredung zeigen. Jetzt bin ich zunächst mal gespannt darauf, wie es Marie geht.«

Roland beharrte: »Wir haben Clara noch nicht einmal als Beschuldigte vernommen, und trotzdem fährt sie gleich schweres Geschütz auf. Diese Tatsache trägt nicht dazu bei, dass ich sie für unschuldig halte. Immerhin hatte sie durch das Vier-Augen-Rendezvous mit Niklas genügend Zeit mit ihm allein. Wer weiß, was sich währenddessen zwischen den beiden abgespielt hat. Wenn du mich fragst, dann hat diese junge Dame etwas vor uns zu verbergen. Und Dr. Noth soll ihr dabei helfen, dass wir die Wahrheit nicht herausfinden.«

»Wenn Clara wirklich schuldig ist, wird selbst der beste Strafverteidiger sie nicht vor einem Prozess bewahren können«, meinte Antje.

Sie beendeten zunächst ihr Gespräch, denn nun erreichten sie die Arztpraxis. Dort saßen einige Menschen im Wartebereich, Einheimische und Urlauber. Die Helferin begrüßte die Inselpolizisten und lotste sie sofort in das Nebenzimmer, wo sich Marie von ihrer Brandverletzung und ihrem Alkoholkonsum erholte. Die junge Frau hatte einen Becher in den Händen, aus dem nach Hagebutten duftende Dampfschwaden hochstiegen. Sie blinzelte die Beamten aus geröteten Augen an. Der Raum bot nur wenig Platz. Die Polizisten blieben stehen, während Marie weiterhin auf der Behandlungsliege kauerte.

»Ich werde nie wieder ein Bier trinken«, behauptete sie.

Antje deutete auf den Becher und sagte: »Hagebuttentee ist Ihrer Gesundheit momentan auf jeden Fall zuträglicher. – Können Sie sich noch an uns erinnern?«

Die Kommissarin stellte diese Frage, nachdem sie Rolands und ihren eigenen Namen genannt hatte.

Marie nickte.

»Ja, irgendwie schon, Frau Fedder. Sie sind gestern aufgekreuzt, als wir am Strand Party gemacht haben. Und später haben Sie mich dann irgendwo gefunden und zum Doc gebracht. Dafür bin ich Ihnen dankbar, echt.«

»Sie können uns helfen, indem Sie möglichst genau schildern, was sich am gestrigen Abend und während der Nacht ereignet hat«, sagte Antje.

Marie stieß einen langen Seufzer aus und erwiderte: »Ja, ich will es versuchen. – Sie denken wahrscheinlich, dass ich eine reichlich große Klappe habe. Aber das ist nur Show, echt. In Wirklichkeit bin ich total schüchtern. Es hat mich eine riesige Überwindung gekostet, überhaupt an dieser Reise teilzunehmen. Das war echt nicht leicht für mich.«

Echt scheint ihr Lieblingswort zu sein, dachte die Kommissarin. Sie hakte nach: »Können Sie uns mehr zum Zweck Ihres Juistbesuchs sagen?«

Marie wich dem forschenden Blick der Ermittlerin aus, und die bleichen Wangen der jungen Frau erröteten. Nach der Begegnung am Vortag hätte Antje Marie nicht für einen Menschen gehalten, der sich leicht schämte. Doch genau das schien in diesem Moment der Fall zu sein.

Die junge Frau brachte die folgenden Worte so leise hervor, dass sie kaum zu verstehen waren: »Ich habe keinen Freund, und Niklas ist mein absoluter Traumtyp. Wir haben uns über die sozialen Medien kennengelernt und eine Weile hin und her geschrieben. Ich bin beinahe vom Sockel gefallen, als er mich zu einem Inselurlaub einlud. Einfach so, ohne dass ich darum gebeten hätte. So etwas kenne ich ansonsten von den Kerlen echt nicht. Die wollen doch immer nur das eine. Aber als ich dann mitkriegte, dass ich mit den anderen Mädels wetteifern sollte, wäre ich am liebsten sofort abgehauen.«

»Und warum haben Sie es nicht getan?«

»Weil ich einmal in meinem Leben etwas riskieren wollte, Herr Witte. – Aber es ist wahrscheinlich total sinnlos. Nach meinem gestrigen Absturz will Niklas bestimmt nichts mehr von mir wissen. Es gibt kaum Männer, die auf beschwipste Hühner stehen, oder?«

Auf diese Frage gaben weder Antje noch ihr Kollege eine Antwort. Die Kommissarin rätselte vielmehr darüber, ob Marie ihnen einen Bären aufbinden wollte. Wusste sie wirklich nicht, dass ihr »Traumtyp« nicht mehr lebte? Wenn sie die Mörderin war, musste sie auf jeden Fall die

Unwissende spielen, um keinen Verdacht auf sich zu lenken. Ob Marie in ihrem verkaterten Zustand überhaupt eine Schmierenkomödie inszenieren konnte? Die Kommissarin hatte daran ihre Zweifel. Jedenfalls schwiegen die Beamten lange genug, um die junge Frau misstrauisch zu machen.

»Warum sagen Sie denn nichts? Was ist mit Niklas? Hat er sich schon mit Ria oder Clara eingelassen und will mich nie wiedersehen?«

Antje trat einen Schritt auf Marie zu, suchte den Blickkontakt mit ihr.

»Frau Wanders, leider lebt Niklas nicht mehr. Wir müssen von einem Gewaltverbrechen ausgehen und werden alles tun …«

Die Kommissarin unterbrach sich selbst, weil die junge Frau nun aufschluchzte. Marie verbarg ihr Gesicht in den Handflächen, ihre Schultern zuckten. Es dauerte einige Minuten, bis sie sich wieder einigermaßen beruhigt hatte.

»Ich habe es geahnt«, brachte sie schniefend hervor, »zwischen Niklas und mir bestand ein so starkes inneres Band, dass ich das Unheil förmlich heraufziehen sah. Vielleicht habe ich mich mit dem Alkohol so abgeschossen, um den Schmerz zu betäuben.«

Oder wolltest du deine eigene Schuld vergessen? Diese Frage stellte Antje nur in Gedanken. Die Kommissarin wollte versuchen, der Verdächtigen nach und nach Einzelheiten über die Ereignisse zu entlocken.

»Wann haben Sie Niklas zum letzten Mal gesehen, Frau Wanders?«

»Gestern Abend, als er dieses dämliche Spiel mit dem Schneckensuchen vorgeschlagen hat. Ich meine, wir sind doch nicht im Kindergarten. Das wurde mir zu blöd, da bin ich abgehauen.«

»Obwohl Ihnen dieser Mann so am Herzen lag?«, hakte Antje nach.

Marie machte eine Handbewegung, die ungeduldig wirkte. Sie fuhr sich mehrmals hintereinander mit den Fingern durchs Haar. Ihre Stimme klang nun gereizt: »Was wollen Sie von mir hören? Ich habe es vergeigt, echt. Ich war ziemlich blau, mein Magen spielte nicht mehr richtig mit. Ich hätte gar nicht nach diesen Schnecken Ausschau halten können, man hat ja kaum noch die Hand vor Augen gesehen.«

»Die anderen Frauen sollen diese Schneckenhäuser gefunden haben«, gab Roland zu bedenken.

»Wie schön für sie!«, fauchte Marie. »Können wir bitte mal aufhören, über dieses alberne Spiel zu reden? Suchen Sie lieber nach Niklas' Mörder!«

»Die Ermittlungen sind schon in vollem Gang«, stellte die Kommissarin ruhig klar.

Marie stieß einen langen Seufzer aus. »Es ist so ungerecht, dass Niklas aus dem Leben gerissen wurde. Er war noch so jung und kerngesund …«

Kerngesund? Antje führte sich vor Augen, dass Niklas seine Erbkrankheit laut Kehl den Frauen verschwiegen hatte – falls der »beste Freund« bei der Wahrheit geblieben war und dieses Leiden bei Niklas überhaupt diagnostiziert worden war.

»Was haben Sie gemacht, nachdem Sie sich nicht an dem Suchspiel beteiligen wollten?«, fragte Antje. Ihr fiel auf, dass Maries Tränen bemerkenswert schnell wieder versiegt waren. Lag das daran, dass die Verdächtige ihre Gefühle lieber nicht offen zeigte? Oder hatte sie bereits schon länger Kenntnis vom Tod ihres »Traumtypen«?

»Ich kann mich nicht erinnern«, behauptete Marie. »Das nennt man wohl einen Filmriss. Ich weiß nur noch, dass Sie beide mich irgendwo aufgelesen und zum Arzt geschleppt haben. Was nach meinem Verschwinden von der Strandparty und dem heutigen Morgen geschehen ist, kann ich echt nicht sagen.«

Antje stellte klar: »Es fällt uns schwer, dies zu glauben, Frau Wanders. Sie haben eine schlimme Brandwunde am Bauch, die Ihnen offenbar mit einem Brandeisen in Form des Buchstabens N zugefügt wurde. Sie behaupten also, dass Sie nicht wissen, wer Ihnen diese Verletzung zugefügt hat?«

Die junge Frau blickte an sich hinab und lüpfte dann ihr T-Shirt ein Stück weit, bis sie den Wundverband oberhalb des Bauchnabels erblickte. Sie schaute die versorgte Wunde an, als ob sie diese zum ersten Mal in ihrem Leben sehen würde.

»Nee, echt nicht. Klar, das tut noch ganz schön weh, obwohl der Doc mir etwas gegen die Schmerzen gegeben hat. Das muss irgendwann in der vorigen Nacht passiert sein. Aber wer mich so zugerichtet hat – ich habe keine Ahnung. Es gab einen plötzlichen Schmerz, so wie ein Blitz aus heiterem Himmel. Ich bin hingefallen und hatte Sand im Mund. Außerdem war es finster. Mehr fällt mir nicht ein, tut mir leid.«

Ob Marie die Wahrheit sagte? Das Treibholzfeuer war am Strand entfacht worden, insofern konnte die Erinnerung an den Sand durchaus stimmen. Und natürlich war es nachts finster, vor allem auf den unbeleuchteten Strandabschnitten. Doch so einfach wollte Antje die Verdächtige nicht davonkommen lassen. Sie deutete auf Maries Hals und fragte: »Wo ist eigentlich Ihr Medaillon?«

»Wovon sprechen Sie, Frau Fedder?«

»Ich meine so einen Anhänger an einer Halskette, wie wir ihn auch bei Clara Opitz und Ria Holm gesehen haben.«

Marie zuckte mit den Schultern.

»So ein Ding besitze ich nicht«, behauptete sie.

»Könnte es sein, dass Sie Ihr Schmuckstück ins Feuer geworfen haben?«, schlug Roland vor. »Die beiden anderen Damen haben jedenfalls ihre Medaillons noch.«

»Schön für die Zicken, aber von so einem Schmuckstück weiß ich trotzdem nichts. Wie oft soll ich Ihnen noch sagen, dass ich völlig blau war? Das wird mir allmählich unangenehm.«

»Warum haben Sie mich eigentlich angerufen?«, wollte die Kommissarin wissen.

Marie schaute sie an, als ob die Polizistin etwas Dummes gesagt hätte.

»Das soll ich getan haben?«, lautete ihre Gegenfrage.

Antje erwiderte: »Das lässt sich leicht feststellen. – Das hier ist doch Ihr Smartphone, oder?«

Mit diesen Worten zog sie das Gerät hervor, das sie am Strand gefunden hatte. Marie war begeistert: »Ja, das ist meins! Ich dachte schon, es wäre für immer verschwunden.«

»Schauen Sie bitte nach, ob da ein Telefonat mit der Polizeistation Juist im Anrufverzeichnis ist.«

Diese Aufforderung schien der jungen Frau nicht recht zu sein, aber sie gehorchte trotzdem und entsperrte das Mobiltelefon mit ihrer PIN. Es hatte nur noch elf Prozent Akkuleistung, doch das Ergebnis war eindeutig: Es gab einen Anruf von diesem Gerät bei der hiesigen Polizeiwache. Die Uhrzeit passte ebenfalls, wie die Kommissarin bemerkte. Sie schaute Marie über die Schulter.

»Okay, dann habe ich mich bei Ihnen gemeldet. Vielleicht war ich gefrustet und wollte mit einem Außenstehenden reden, was weiß ich«, murmelte sie.

»Ihre exakten Worte lauteten: *Hier läuft etwas gründlich schief ... das ist nicht richtig.* Und als ich nachhakte, sagten Sie, ich solle es vergessen.«

Die Verdächtige runzelte die Stirn. Konnte sie sich wirklich nicht auf den Anruf besinnen? Nach einer Weile murmelte Marie: »Klar, ich muss Sie kontaktiert haben, das Anrufverzeichnis beweist es. Erinnern kann ich mich trotzdem nicht. Mir fällt ein, dass wir unseren Lagerplatz gewechselt haben, nachdem Sie verschwunden waren. Niklas meinte, dass sich weniger Leute gestört fühlen würden, wenn wir uns mehr Richtung Osten niederlassen. Vielleicht habe ich Sie angerufen, weil mir dieses Spiel mit den Schneckenhäusern so merkwürdig vorkam. Außerdem hatte ich Frust, weil Niklas mir die kalte Schulter zeigte. – Ihr Besuch ist echt anstrengend für mich!«

»Diese Befragung können wir Ihnen leider nicht ersparen«, sagte Antje. Sie fuhr fort: »Ich stelle mir die Ereignisse nach der Party so vor, dass Sie zunächst verschwanden und sich weiter Mut antranken. Niklas hatte ja ein Vier-Augen-Gespräch mit Clara Opitz, das aber vielleicht nicht nach seinen Vorstellungen ablief. Zeugen sahen ihn allein zum Lagerplatz zurückkehren. Sie könnten ihn abgepasst haben, als er das Treibholzfeuer entzündete. Dann kam es zum Streit zwischen Ihnen und Niklas. Sie wurden wütend, warfen Ihr Medaillon ins Feuer. Daraufhin verlor er die Nerven und verletzte Sie mit seinem Brandeisen. Sie griffen zu einem Messer und stachen ihn nieder, weil Sie um Ihr Leben fürchteten. Dann rannten Sie panisch davon und erreichten schließlich die Hütte, wo Sie vor Erschöpfung einschliefen.«

Marie riss die Augen weit auf, ihre Unterlippe begann zu zittern. Es dauerte einen Moment, bis sie den Mund öffnete: »Sie glauben diesen Stuss wirklich, oder? Sie halten mich für die Mörderin des Mannes, den ich geliebt habe?«

»Meine Kollegin hat eine Möglichkeit beschrieben«, stellte Roland klar, »und Sie selbst behaupten ja, sich an die Geschehnisse nicht erinnern zu können. Also müssen wir versuchen, aus den bekannten Fakten einen Tathergang zu rekonstruieren. Wenn Niklas Sie nicht mit dem Brandeisen verletzt hat – wer war es dann? Und warum nimmt jemand überhaupt ein solches Werkzeug zu einem Inselurlaub mit?«

»Woher soll ich das wissen?«, fauchte die junge Frau. »Sie sind total auf dem Holzweg, echt! Niklas hätte mich niemals verletzen können, er war eine Seele von Mensch!«

»Haben Sie Ihren Traumtyp vor dieser Juistreise überhaupt schon einmal persönlich getroffen?«, wollte Antje wissen.

»Das nicht, aber in den sozialen Medien war er immer total offen und ehrlich zu mir.«

Ob Marie überhaupt wusste, wie hemmungslos im Internet gelogen und betrogen wurde? Die Verletzte wirkte auf die Kommissarin sehr leichtgläubig. Dadurch wurde sie allerdings nicht weniger verdächtig. Antje legte nach: »Sie wollten diesen seltsamen Wettstreit unbedingt gewinnen, nicht wahr? Hatte Niklas sich bereits für eine der anderen Frauen entschieden? Hat diese Kränkung Sie zum Messer greifen lassen?«

»Spinnen Sie jetzt total, Frau Fedder? Ich habe nichts gegen die anderen Mädels, wir verstanden uns ganz gut.«

»Ach, wirklich? Und warum haben Sie sich heimlich in Clara Opitz' Zimmer geschlichen? Wollten Sie Ihre Konkurrentin ausspionieren?«

Maries Antwort auf die Fragen der Kommissarin war ein raues Lachen. Amüsiert klang sie allerdings nicht: »Ach, hat Lennard Kehl Ihnen davon erzählt? Okay, ich bin keine Heilige. Ich wollte schauen, ob die hübsche Clara vielleicht mit anderen Kerlen etwas am Laufen hat. Das hätte ich Niklas dann gern unter die Nase gerieben. – Aber an Ihrer Stelle würde ich mich mal um Kehl selbst kümmern. Ich vermute nämlich, dass er selbst heimlich in seinen Busenfreund verknallt war. Er könnte Niklas getötet haben, damit nicht eine von uns Frauen ihn bekommt!«

Kapitel 8

Tatsächlich waren auch Antjes Überlegungen schon in diese Richtung gegangen, doch das musste sie der Verdächtigen nicht auf die Nase binden. Nach einem kurzen Moment des Schweigens sagte sie: »Angenommen, Lennard Kehl hätte wirklich etwas mit dem Tod seines Freundes zu tun – warum hätte er Sie verwunden sollen?«

»Vielleicht bin ich ihm ja in die Quere gekommen, und er hat mich mit diesem Brandeisen abgewehrt? Sie sind doch die Bul… äh, Polizisten – das müssen Sie herausfinden.«

»Das werden wir tun«, versicherte die Kommissarin und klappte ihr Notizbuch zu. »Falls Sie ins Ferienhaus zurückkehren wollen – nehmen Sie sich vor Kehl in Acht. Er scheint fest davon überzeugt zu sein, dass Sie seinen Freund auf dem Gewissen haben.«

»Ich fürchte mich nicht vor diesem Mickermann«, behauptete Marie. »Also bin ich nicht verhaftet, obwohl Sie mir den Mord zutrauen?«

Antje ließ die Frage im Raum stehen. Sie sagte: »Geben Sie mir bitte Ihre Mobilnummer, falls wir noch weitere Dinge klären müssen. Und wenn Sie die Insel verlassen, möchten wir informiert werden.«

»So schnell werden Sie mich nicht los. Ich bleibe hier, bis Sie den Mörder verhaftet haben«, erwiderte Marie.

Die Ermittler wünschten ihr gute Besserung und verließen die Arztpraxis. Als sie draußen auf der Friesenstraße standen, legte Roland den Kopf in den Nacken und schaute nachdenklich einem Pferdefuhrwerk hinterher, das in gemütlichem Tempo und mit rhythmischem Hufklappern in Richtung Wilhelmshöhe rollte. Der Geruch von frischen Pferdeäpfeln gehörte auf Juist einfach dazu. Der Kommissar hatte einmal zu seiner Kollegin gesagt, dass er ihn weniger unangenehm fand als die Auto-Auspuffgase in einer Großstadt.

»Ich werde aus dieser Schnapsdrossel einfach nicht schlau«, gab Roland zu. »Sie hatte Motiv und Gelegenheit, da sind wir uns gewiss einig. Vielleicht war sie wirklich zu blau, um sich an den tödlichen Stich erinnern zu können.«

Antjes Stimme hörte sich skeptisch an: »Eine stark alkoholisierte Frau, die ihren Schwarm mit einem einzigen präzisen Messerstich tötet? Gut, es könnte ein Glückstreffer gewesen sein. – Stellen wir uns die Situation vor: Niklas brandmarkt Marie, möglicherweise aufgrund von perversem Besitzdenken. Das müssen wir noch genauer untersuchen. Daraufhin greift die Frau, die ohnehin schon eine starke Schlagseite hat, zum Messer und ersticht ihn von hinten, ohne dass er sich wehrt oder auch nur auszuweichen versucht?«

»Du hast recht, das klingt äußerst unwahrscheinlich – es sei denn, Niklas wäre ebenfalls stark alkoholisiert gewesen. Über diesen Punkt müssen wir nicht spekulieren, da wird uns die Obduktion Klarheit verschaffen«, meinte Roland.

Während die Inselpolizisten miteinander sprachen, fuhren sie auf der Strandpromenade auf die Stelle zu, wo das Lagerfeuer entzündet worden war. Antje setzte ihre Sonnenbrille auf, ihr Kollege folgte dem Beispiel. Die leichten Schleierwolken hatten sich verzogen, und die Strahlen des Tagesgestirns reflektierten auf dem breiten hellen Streifen des Inselsands. Dies war zwar schön, aber für ungeschützte Augen fast schmerzhaft. Der Geruch nach getrocknetem Seegras und Algen zeugte von der zurückliegenden Flut, von der diese Meerespflanzen an Land gespült worden waren.

Die Kommissare ließen ihre Fahrräder an der Strandpromenade zurück und begannen damit, die Dünen nach dem Brandeisen abzusuchen. Urlauber oder andere Passanten waren nicht in der Nähe, sondern nur weit entfernt am Spülsaum der Nordsee. Ein Mann stand im knöcheltiefen Wasser und führte Tai-Chi-Bewegungen aus. Die Ermittler konnten also über den Fall sprechen, ohne von unbefugten Personen dabei belauscht zu werden.

»Falls Marie wirklich zugestochen hat, dann wird sie in ihrem sturzbetrunkenen Zustand wohl kaum die Fingerabdrücke vom Messergriff abgewischt haben«, dachte Antje laut nach. Sie fügte hinzu: »Bei diesem Mord kommt den Indizien eine besondere Bedeutung zu, oder? Meiner Meinung nach hatten alle drei Frauen und auch der angeblich beste Freund ein Tatmotiv. Wenn du mich fragst, dann ist dieses Wetteifern um Niklas' Gunst ein ganz gemeines Psychospiel. Wir sollten die Vergangenheit des Opfers intensiv durchleuchten. Vielleicht ist er ja mit ähnlichen Aktionen schon einmal aktenkundig geworden. Wir müssen nach objektiven Informationsquellen suchen.«

»Von seinem Schoßhündchen Kehl wirst du jedenfalls kein kritisches Wort über ihn erfahren«, gab Roland trocken zurück. »Und ich halte es für äußerst unglaubwürdig, dass der Busenfreund nichts von dem Brandeisen wusste. Kehl will Niklas Brenner in ein möglichst positives Licht rücken, das ist aus seiner Sicht sogar verständlich.«

»Glaubst du denn auch, dass Kehl für Niklas mehr empfunden hat als nur Freundschaft, Roland?«

»Ausschließen würde ich es nicht, und in diesem Punkt muss ich Marie recht geben. Es muss für Kehl die Hölle gewesen sein, dass Niklas eine zukünftige Ehefrau suchte, und ... oh, da ist etwas!«

Der Kommissar unterbrach sich selbst, während er eine mit dichter Vegetation bewachsene Düne erklomm. Eigentlich war es streng verboten, diese Naturlandschaft außerhalb der gekennzeichneten Wege zu betreten. Aber die Polizisten suchten ja nach dem Tatwerkzeug, mit dem Marie traktiert worden war. Nach Antjes Meinung war es am wahrscheinlichsten, dass der Täter das Brandeisen entweder direkt im Sand vergraben oder im hohen Bogen in die Dünen geworfen hatte. Sie schaute zu ihrem Kollegen hinüber, der soeben hinter einem Dünenkamm verschwunden war. Gespannt erklomm Antje die steile mit dichter Vegetation bewachsene Höhe. Da kehrte Roland zurück. Triumphierend hielt er einen metallischen Gegenstand in seiner behandschuhten Rechten. Das geschmiedete Werkzeug war ungefähr so lang wie der Unterarm des Polizisten. Am vorderen Ende war der aus Eisen geformte Buchstabe N deutlich zu erkennen. Roland hatte zweifellos das Brandeisen gefunden.

»Dafür bekommst du ein Fleißzettelchen«, scherzte die Kommissarin.

»Ein Kuss wäre mir lieber«, lautete die Erwiderung.

»Also gut, hier sieht uns ja niemand«, sagte Antje, trat auf ihn zu und drückte ihre Lippen auf seinen Mund.

Sie hatten sich darauf geeinigt, eigentlich während des Dienstes keine Zärtlichkeiten auszutauschen. Doch es gab Situationen, in denen die Regel eine Ausnahme zulassen musste. Der Fund dieses Beweisstücks würde ihre Ermittlungen gewiss voranbringen. Nachdem sie sich wieder voneinander gelöst hatten, hielt Antje einen Beutel für Beweisstücke auf, damit Roland das Brenneisen darin verstauen konnte.

»So ein Werkzeug muss speziell angefertigt werden«, stellte sie fest. »Der Schmied, der es hergestellt hat, wird sich gewiss noch an seinen Auftraggeber erinnern können.«

»Und allzu viele Schmiede wird es in Bremen und Umgebung nicht mehr geben«, ergänzte ihr Kollege. Er fuhr fort: »Es sollte den dortigen Kollegen nicht schwerfallen, uns Amtshilfe zu leisten, wenn wir ihnen ein Foto dieses Folterinstruments schicken. – Und das Brandeisen schicken wir umgehend zur kriminaltechnischen Untersuchung!«

Damit war seine Kollegin natürlich einverstanden. Als sie sich auf den Rückweg zur Polizeistation machen wollten, klingelte Antjes Telefon. Das Gespräch dauerte nur kurz.

»Das war Dr. Noth, mein Lieber. Er ist jetzt bereit, uns über seine Mandantin Auskunft zu erteilen.«

*

Als die Inselpolizisten aus Richtung Warmbadstraße auf die Carl-Stegmann-Straße zufuhren, wurden sie bereits von dem Strafverteidiger erwartet. Er lief vor dem geschlossenen Polizeirevier auf und ab, seine ganze Körpersprache drückte Ungeduld aus.

»Da sind Sie ja endlich!«, brachte Dr. Noth gereizt hervor, als die Polizisten von ihren Fahrrädern gestiegen waren und Antje die Wache aufschloss.

»Hier auf Juist gehen die Uhren anders«, erwiderte Roland, wobei er dem Anwalt zublinzelte. »Und wir bearbeiten einen Mordfall, das werden Sie gewiss schon mitbekommen haben.«

Die Kommissarin wusste, dass ihr Kollege anmaßende und selbstherrliche Typen nicht ausstehen konnte. Und Dr. Noth schien genau zu diesem Menschenschlag zu gehören. Sie hoffte nur, dass Roland den Bogen nicht überspannte. Wenn er nämlich den Strafverteidiger zu sehr herausforderte, würde dieser den Ermittlern gewiss das Leben noch schwerer machen. Auch Antje selbst schätzte keine Wichtigtuer. Doch ihr ruhiges Naturell und die Unerschütterlichkeit der Inselfriesen ermöglichten es ihr, solchen Zeitgenossen ganz ruhig und höflich die Stirn zu bieten.

»Nehmen Sie doch bitte Platz, Herr Dr. Noth. Möchten Sie eine Tasse Tee?«

Mit diesen Worten deutete sie auf ihren Besucherstuhl, der neben ihrem Schreibtisch stand. Ihr Lächeln nahm dem

Strafverteidiger ein wenig den Wind aus den Segeln. Er warf einen kurzen Blick auf seine Angeber-Armbanduhr und ließ sich auf die Sitzgelegenheit fallen. Dann umklammerte er seine Aktentasche so fest, als ob die Beamten sie ihm entreißen wollten.

»Nun gut, so viel Zeit muss sein. Der Charterpilot hat mir ohnehin signalisiert, dass er mich nicht vor dem späten Nachmittag wieder abholen kann. Aber ich werde noch länger auf der Insel bleiben, falls es erforderlich sein sollte.«

Die Kommissarin fand, dass der letzte Satz wie eine Drohung klang. Durch das Teekochen entstand eine kurze Pause, damit sich die Gemüter beruhigen konnten. Antje registrierte erleichtert, dass Roland den Anwalt nicht weiter provozierte, sondern seinen PC einschaltete und etwas auf seiner Tastatur tippte. Nachdem die Kommissarin Dr. Noth einen echten Ostfriesentee mit Kandis und Sahne serviert hatte, erklärte sie: »Ich weiß nicht, wie viel Sie schon von Ihrer Mandantin erfahren haben. Sie wohnt in einem Ferienhaus zusammen mit vier weiteren Personen, von denen eine getötet wurde. Wir gehen von einem Gewaltverbrechen aus. Der Name des Opfers lautet Niklas Brenner. Und wir vermuten, dass Ihre Mandantin eine romantische Beziehung mit ihm anstrebte.«

Der Gesichtsausdruck des Anwalts war nach wie vor undurchdringlich. Die Kommissarin konnte nur mutmaßen, was in ihm vorging. Hatte Clara Opitz dem Strafverteidiger gegenüber den Mord vielleicht sogar schon gebeichtet? Antje führte sich vor Augen, dass Dr. Noth an die anwaltliche Schweigepflicht gebunden war.

»Also verdächtigen Sie Frau Opitz eines Gewaltverbrechens?«, lautete die schmallippig vorgetragene Frage.

»Das habe ich nicht gesagt, Herr Dr. Noth. Es wäre allerdings sehr hilfreich, wenn wir Ihre Mandantin über den Verlauf des gestrigen Abends befragen könnten – und zwar als Zeugin. Wir müssen die Stunden vor der Tat möglichst lückenlos rekonstruieren.«

»Das verstehe ich, Frau Fedder. Dennoch werde ich Ihnen verweigern, mit Frau Opitz zu sprechen.«

»Aus welchem Grund – weil Ihnen unsere Nasen nicht passen? Wer bei einer Morduntersuchung nicht kooperiert, trägt nicht gerade zur Wahrheitsfindung bei.«

Nun hatte Roland also doch nicht seinen Mund halten können. Auch Antje war irritiert, weil der Strafverteidiger seine Zusammenarbeit komplett verweigerte. Damit hatte sie nicht gerechnet. Und sie musste sich eingestehen, dass Clara Opitz genau deshalb jetzt auf Platz eins ihrer persönlichen Verdächtigenliste stand.

Dr. Noth drehte den Kopf, um den Kommissar ansehen zu können: »Herr Witte, in diesem Ton können Sie nicht mit mir reden. Ich kann durchaus nachvollziehen, dass Sie Ihren Mordfall aufklären wollen. Aber meine Mandantin kann Ihre Fragen nicht beantworten, weil sie psychisch labil ist. Es würde sie zu sehr aufregen, über den Tod von Niklas Brenner sprechen zu müssen. Sie werden nicht verantworten wollen, dass sich ihr Zustand verschlechtert. Ich reiche selbstverständlich ein nervenärztliches Gutachten nach, um meine Position zu untermauern.«

Antje rief sich den Moment ins Gedächtnis, als sie Claras Zimmer betreten hatte. Die junge Frau machte auf die Kommissarin einen seltsam unbeteiligten Eindruck, vor allem angesichts der unruhigen Atmosphäre im Haus. Von der Trauer und Verzweiflung der anderen Gruppenmitglieder war bei ihr nichts zu spüren. Mit dieser neuen Information durch den Anwalt konnte es dafür einen einleuchtenden Grund geben.

»Steht Ihre Mandantin unter Medikamenten, Herr Dr. Noth?«

»Sie werden verstehen, dass ich diese Frage unbeantwortet lassen muss, Frau Fedder.«

Mit diesen Worten hatte die Kommissarin schon gerechnet. Doch sie wertete die Reaktion des Anwalts als ein Ja, auch wenn es dafür keinen Beweis gab.

Antje sagte: »Ich mache Ihnen einen Vorschlag. Wir respektieren natürlich die geistige Gesundheit Ihrer Mandantin. Es ist aber so, dass wir die Tatwaffe sichergestellt haben. Darauf befinden sich wahrscheinlich die Abdrücke des Täters oder der Täterin. Wenn wir mit einem mobilen Fingerabdruckscanner Clara Opitz' Prints nehmen, könnten wir sie als Tatverdächtige gleich ausschließen.«

Es entstand eine kurze Pause. Antje hatte den Anwalt durch ihr Angebot unter Zugzwang gesetzt. Sein Mienenspiel drückte nun Missfallen aus.

»Ich weiß nicht, ob ich mich damit anfreunden kann«, brachte er hervor.

Die Kommissarin beharrte: »Wir *müssen* mit unseren Ermittlungen vorankommen. Meinetwegen kann Frau Opitz schweigen, während wir die Abdrücke nehmen. Aber wenn Sie sich weigern, werde ich einen Gerichtsbeschluss beantragen. Und angesichts der Schwere des Verbrechens habe ich eine gute Chance, ihn auch zu bekommen.«

Dem Strafverteidiger schien kein Gegenargument mehr einzufallen. Er stürzte seinen Tee hinunter und sprang auf, als ob ihn eine Tarantel gestochen hätte.

»Also gut, Frau Fedder – bringen wir es hinter uns. Ich will mir nicht nachsagen lassen, eine polizeiliche Untersuchung torpediert zu haben. Und ich betone, dass Frau Opitz mit dem Mord nicht das Geringste zu tun hat.«

»Dann muss sie sich vor dem Ergebnis ja nicht fürchten«, gab die Kommissarin unbeeindruckt zurück. Sie griff nach ihrer Dienstmütze und warf Roland einen auffordernden Blick zu.

»Ich bleibe hier, es gibt im Internet interessante Neuigkeiten über das Opfer«, sagte er. Eigentlich war es der Kommissarin nur recht, dass ihr Kollege für den Moment nicht in der Schusslinie sein wollte. Es bestand die Gefahr, dass er doch noch richtig mit dem Juristen aneinandergeriet. Außerdem war sie gespannt, was der Kommissar über Niklas herausgefunden hatte. Sie griff sich den mobilen Fingerabdruckscanner und verließ die Polizeistation. Da Dr. Noth kein Fahrrad hatte und es nicht weit war, gingen sie zu Fuß Richtung Ferienhaus.

Der Rechtsanwalt atmete tief durch und warf Antje einen Seitenblick zu.

»Haben Sie überhaupt schon einmal in einem Mordfall ermittelt?«

Sie runzelte die Stirn. Wollte dieser Jurist ihr durch die Blume zu verstehen geben, dass er sie für unfähig hielt?

»Gelegentlich kommt das vor«, erwiderte die Kommissarin lässig, »Sie sollten einmal mit den Stichworten *Juist* und *Mord* recherchieren, dann wären Sie im Bild. Aber dafür war vermutlich keine Zeit mehr, als Sie von Frau Opitz' Eltern hierher geschickt wurden?«

Dr. Noths grimmiger Gesichtsausdruck bewies, dass sie mit ihrer Vermutung den Nagel auf den Kopf getroffen hatte. Es stellte sowieso schon eine beachtliche Leistung dar, dass der Strafverteidiger so schnell einen Charterflug auf die kleine Nordseeinsel organisieren konnte.

»Es versteht sich von selbst, dass ich meinen Mandanten Tag und Nacht zur Verfügung stehe«, gab er förmlich zurück.

Antje nickte. Sie hatte kein Interesse daran, mehr als absolut nötig mit dem Juristen zu sprechen. Nach Antjes Erfahrung gab es zum Glück Anwälte, die der Polizei partnerschaftlich und auf Augenhöhe entgegentraten. Aber

Dr. Noth gehörte zweifellos nicht zu diesem Menschenschlag.

Sie läuteten an der Tür des Ferienhauses, wo sie von Ria Holm eingelassen wurden. Die junge Frau war blass, ihre Augen gerötet. Niklas' Schicksal schien ihr wirklich an die Substanz gegangen zu sein.

»Gibt es schon etwas Neues?«, fragte sie mit belegter Stimme.

»Zu laufenden Ermittlungen darf ich mich nicht äußern«, sagte Antje. Sie hätte gern noch etwas Tröstendes hinzugefügt, aber in Dr. Noths Gegenwart wollte sie sich keine Blöße geben. Sie fügte hinzu: »Wir möchten kurz Clara Opitz besuchen.«

»Den Weg kennen Sie ja.«

Mit diesen Worten schlurfte Ria in die Küche. Den Kopf hatte sie gesenkt. Wo befand sich Lennard Kehl? Im Haus herrschte eine bedrückende Atmosphäre, eine Art von Friedhofsruhe. So hatte sich gewiss keiner der Anwesenden die Juistreise vorgestellt. Antje und Dr. Noth gingen zu Claras Zimmer. Die Kommissarin wollte anklopfen, aber der Jurist kam ihr zuvor. Nachdem das Wort »Herein« nach außen gedrungen war, öffnete er die Tür.

Clara Opitz hatte ihr Bett immer noch nicht verlassen, allerdings hockte sie jetzt im Schneidersitz darauf. Auf ihren Knien hatte sie einen großen Skizzenblock. Sie war eifrig damit beschäftigt, ein Bild zu zeichnen. Als Clara ihre Besucher anschaute, wirkte ihr Blick seltsam geistesabwesend.

Dr. Noth räusperte sich und sagte: »Sie müssen nicht mit der Polizei sprechen, wie wir es vereinbart haben. Allerdings sollten Sie Ihre Fingerabdrücke nehmen lassen, damit Sie Ihre Kooperationsbereitschaft signalisieren.«

»Es geht ganz schnell«, ergänzte Antje und trat an dem Strafverteidiger vorbei ins Zimmer. Sie machte den mobilen

Fingerabdruckscanner bereit und näherte sich der jungen Frau. Clara hatte offensichtlich nicht vor, die Mitarbeit zu verweigern. Jedenfalls streckte sie Antje bereitwillig ihre Hand entgegen. Die Kommissarin begann damit, die Fingerkuppen einzuscannen. Dabei blieb es nicht aus, dass sie den Zeichenblock aus nächster Nähe betrachten konnte.

Clara hatte offenbar eine düstere Fantasie, denn ihr Bild zeigte einen Mann in mittelalterlicher Kleidung, der vor einem Richtblock kniete. Offenbar sollte ihm gleich der Kopf vom Rumpf abgetrennt werden, denn der im Hintergrund deutlich zu erkennende Henker hatte bereits sein Beil gehoben. Besonders gut war der jungen Künstlerin der Ausdruck von Todesangst im Gesicht des Verurteilten gelungen.

Er sah Niklas Brenner zum Verwechseln ähnlich.

»Sie haben wirklich Zeichentalent«, sagte Antje, während sie sich weiter mit den Fingerabdrücken befasste.

Kapitel 9

Dr. Noth reagierte gar nicht auf das finstere Bild, an dem seine Mandantin arbeitete. Entweder hatte er keinen Sinn für Kunst oder er wusste gar nicht, wie das Mordopfer aussah. Antje tippte auf die zweite Variante. Woher hätte der Rechtsanwalt Niklas Brenner kennen sollen? Der Strafverteidiger war schließlich erst vor Kurzem zu seiner Mandantin gestoßen. Die Kommissarin beging jedenfalls nicht den Fehler, Dr. Noth gegenüber eine Bemerkung über das Bild zu machen. Sie speicherte die Fingerabdruck-Scans, bedankte sich bei Clara Opitz und verließ das Zimmer wieder.

Der Jurist verabschiedete sich mit einer Höflichkeitsfloskel und schloss die Tür von außen.

»Sie sehen – es gibt keinen Grund, meine Mandantin mit diesem Mordfall in Verbindung zu bringen«, meinte Dr. Noth, als sie das Ferienhaus wieder verließen. Davon war Antje ganz und gar nicht überzeugt, doch sie hielt für den Moment ihren Mund.

»Früher oder später wird Frau Opitz mit uns sprechen müssen«, stellte die Kommissarin klar, als sie und der Anwalt wieder die Polizeistation erreicht hatten.

»Ich kann Sie nur davor warnen, ohne meine Anwesenheit Kontakt zu ihr aufzunehmen, Frau Fedder. Ich werde so lange auf der Insel bleiben, bis diese Angelegenheit geklärt ist. Bitte nehmen Sie Kontakt mit mir auf, wenn Sie weitere Informationen benötigen. Meine Mobilnummer steht auf meiner Visitenkarte.«

Mit diesen Worten wandte Dr. Noth sich ab und marschierte Richtung Ortsmitte. Vermutlich wollte er sich bei der Touristinformation nach einem freien Zimmer erkundigen.

Er geht wirklich, als ob er einen Stock verschluckt hätte, dachte Antje, während sie dem Anwalt kopfschüttelnd nachschaute. Dann betrat sie die Wache. Ihr Kollege saß immer noch vor dem Computer.

»Hat der Notnagel dir den letzten Nerv geraubt, Liebste?«

Roland stellte die Frage mit so einem treuherzigen Unterton, dass Antje unwillkürlich lachen musste.

»Nee, wir Inselfriesen haben ja bekanntlich ein dickes Fell. Dr. Noth war eigentlich handzahm – und du wirst es sehr interessant finden, was für ein Kunstwerk Clara Opitz momentan fabriziert.«

Sie erzählte von dem Bild mit der Hinrichtungsszene. Roland lehnte sich in seinem Bürostuhl zurück und hob die Augenbrauen.

»Wenn ich Psychologe wäre, würde ich vielleicht darin eine Verarbeitung ihrer eigenen Schuldgefühle sehen. Aber ich bin nur ein schlichter Polizeibeamter und muss mich an die Fakten halten, Antje.«

»Mir ist auch bewusst, dass diese Zeichnung kein Mordgeständnis darstellt, mein Bester. Tatsache ist: Wir wissen nicht, ob Clara überhaupt ein Alibi hat. Und nach Lage der Dinge werden wir in absehbarer Zeit nicht mit ihr sprechen dürfen.«

»Immerhin konntest du ihre Fingerabdrücke nehmen, wenn ich dich richtig verstanden habe. Und falls sie mit denen auf der Mordwaffe übereinstimmen, kann auch der *Notnagel* ihr nicht mehr helfen«, meinte Roland. Er fügte hinzu: »Willst du gar nicht erfahren, was ich über Niklas Brenner herausgefunden habe?«

Antje stützte sich mit den Händen auf die Tischplatte und beugte sich nach vorn.

»Ich bin ganz Ohr, mein Lieber.«

»Dieser Knabe ist kein unbeschriebenes Blatt«, begann der Kommissar, »bereits als Jugendlicher war Niklas in eine bizarre Straftat verwickelt. Er war sechzehn, als ein Mädchen aus seiner Schulklasse spurlos verschwand. Sie hieß Laura.

Die Bremer Kollegen setzten Himmel und Hölle in Bewegung, um sie zu finden. Laut Zeugenaussagen ihrer Freundinnen war sie heimlich in Niklas verliebt. Er spielte die Unschuld vom Land, wusste angeblich nichts über ihren Verbleib. Drei Tage später wurde Laura von einer Funkstreife in einem Regenrückhaltebecken entdeckt, stark unterkühlt, fiebrig und unbekleidet. Ihr Körper war mit seltsamen Zeichen bemalt worden, angeblich heidnischen Fruchtbarkeitssymbolen. Dabei hat der Täter wasserfesten Marker benutzt. Bei einer ersten Befragung beschuldigte Laura Niklas, ihr das angetan zu haben. Später widerrief sie ihre Aussage. Und da es keine Indizien wie Fingerabdrücke oder DNA gab – von Zeugenaussagen ganz zu schweigen –, konnte gegen Niklas nicht weiter ermittelt werden.«

»Armes Mädchen«, stieß die Kommissarin hervor. »Sie kann einem wirklich nur leidtun. Vor allem, wenn der Junge, in den sie verliebt war, ihr dies angetan hat. Und trotzdem nimmt sie ihn noch in Schutz. – Ich finde übrigens, dass diese Tat hervorragend in mein Bild von Niklas passt. Bei Laura hat er sich noch eines Markers bedient, später ging er zu einem Brandeisen über. So wollte er offenbar eine Frau kennzeichnen, die er als sein Eigentum betrachtete.«

»Ja, darauf läuft es hinaus, Antje.«

Sie nickte und sagte: »Bei unserer ersten Begegnung mit Niklas war ich zuerst froh, dass er sich so entgegenkommend verhielt. Doch das hätte mich misstrauisch machen müssen.«

»Du meinst, wer Polizisten höflich und kooperativ entgegentritt, macht sich verdächtig?«

Antje schüttelte den Kopf.

»Im Normalfall nicht, Roland. Aber Niklas plante in dieser Nacht offenbar noch eine Teufelei – die Brandmarkung oder Schlimmeres. Das Letzte, was er gebrauchen konnte, war Ärger mit uns wegen so einer Lappalie wie zu lauter Musik.

– Hast du noch mehr Informationen über diesen manipulativen Charmeur sammeln können?«

Der Kommissar antwortete: »Niklas Brenner ist Vollwaise, er wuchs in einem Heim auf. Also kann er von einer angeblichen Erbkrankheit gar nichts gewusst haben. Ich bin wirklich auf das Obduktionsergebnis gespannt. – Wie auch immer, als Kind muss er sehr problematisch gewesen sein, jedenfalls fand sich keine Pflegefamilie für ihn. Vielleicht entwickelte er da schon erste Ansätze für seinen späteren Weg, wer weiß? – Und die Bremer Kollegen haben mich an die Schwerpunktstaatsanwaltschaft für Wirtschaftskriminalität in Hamburg verwiesen. Dort ist der Name Niklas Brenner nicht unbekannt. Gegen ihn wird wegen des Verdachts auf Veruntreuung sowie Unterschlagung ermittelt. Es geht um Vermittlung von Investitionen in Kryptowährung. Beweise gibt es allerdings noch nicht, andernfalls hätte man den Knaben längst einkassiert. – Aber finanzielle Motive würde ich bei unserem aktuellen Mordfall ausklammern.«

Antje trat vom Tisch zurück und schaute nachdenklich aus dem Fenster. Dann sagte sie: »Oder auch nicht, mein Bester. Niklas liebte offenbar das schnelle unehrliche Geld. Vielleicht war seine zukünftige Eheschließung gar nicht vorgetäuscht? An diese Erbkrankheit glaube ich nicht. Umgekehrt wird ein Schuh daraus – Niklas wollte nicht heiraten, um seine spätere Witwe zu beglücken, sondern um sich selbst finanziell zu sanieren. Einem so raffinierten Schurken wie ihm wäre es nicht schwergefallen, seine Zukünftige beziehungsweise ihre Eltern auszunehmen wie Weihnachtsgänse.«

»Also denkst du, dass unsere drei Grazien aus reichen Familien kommen?«

»Ich weiß es nicht, Roland. Auf eine von ihnen trifft es garantiert zu, nämlich auf Clara Opitz. So einen hochkarätigen Rechtsanwalt wie Dr. Noth muss man sich erst einmal leisten können. Ich habe vorhin einen Blick auf die Homepage seiner Kanzlei geworfen. Er und seine Kollegen haben eine beeindruckende Liste von Referenzen aufzuweisen, von international tätigen Unternehmen und prominenten Zeitgenossen.«

Der Kommissar nickte, schaute auf die Uhr und erhob sich von seinem Schreibtischstuhl.

»Wir sollten noch Ria Holm befragen, Antje. Falls Kehl nicht gelogen hat, dann war Niklas am Strand zuletzt mit Ria und Clara zusammen, als er seinen Busenfreund ins Bettchen geschickt hat. Ich möchte zu gern wissen, was dort besprochen wurde. Auf Claras Aussage müssen wir vermutlich bis zum Jüngsten Gericht warten, aber Ria ist vielleicht etwas zugänglicher.«

»Ich habe ihr vorhin versprochen, dass ich unter vier Augen mit ihr reden werde«, berichtete die Inselpolizistin. »Es ist ohnehin besser, wenn wir die Arbeit aufteilen. Du könntest inzwischen Gerrit Oelde aufsuchen.«

»Den Ferienhausvermieter? Glaubst du, dass er etwas mitbekommen hat? Mehr als die Schlüsselübergabe wird ja wohl nicht stattgefunden haben, oder?«

»Das wissen wir nicht, Roland. Manchmal reicht es schon, wenn ein Zeuge eine Kleinigkeit aufschnappt, das weißt du doch so gut wie ich.«

Er blinzelte ihr zu und sagte: »Du hast ja recht, wie immer. Treffen wir uns später bei deinem Vater an der Theke?«

»Ja, nach dem heutigen Tag haben wir uns ein Bier verdient.«

Antje verließ die Polizeiwache und ging wieder Richtung Ferienhaus. Sie dachte immer noch über die Frage nach, warum Clara Opitz sich anwaltlich vertreten ließ. Wie schwer war ihre psychische Störung wirklich? Hatte sie vielleicht kurzzeitig die Kontrolle über sich verloren und ein Verbrechen begangen? Gewiss, die Zeichnung von Niklas als Todeskandidat unter dem Henkersbeil war noch kein Beweis für ihre Schuld. Aber war das die passende Darstellung eines Mannes, in den die junge Frau sich verliebte? Solange es keine belastbaren Zeugenaussagen von Außenstehenden gab, mussten die Polizisten sich bei diesem Mordfall auf die neutralen Fakten verlassen – Fingerabdrücke und mögliche DNA-Spuren. Außerdem hoffte Antje auf die Obduktionsergebnisse.

Nachdem sie an der Tür des Ferienhauses geläutet hatte, wurde ihr von Ria geöffnet. Die junge Frau wirkte erschöpft, ihre Wangen waren sehr blass. Sie trug einen dunkelblauen Jogginganzug, durch den Kontrast mit dieser kräftigen Farbe wirkte sie noch bleicher.

»Ich möchte jetzt gern mit Ihnen sprechen, Frau Holm.«

»Ja, das muss wohl sein. – Lassen Sie uns in mein Zimmer gehen, da sind wir ungestört.«

Mit diesen Worten führte die junge Frau Antje zu dem Raum, den sie momentan bewohnte. Die weißen Wände und die hellen Holzmöbel verbreiteten eine heitere Sommeratmosphäre, wozu auch die gerahmten Bilder von Strandszenen und Seehunden passten. Auch der Geruch nach Sandelholz trug zu der angenehmen Stimmung bei. Doch es war offensichtlich, dass Rias Gemüt momentan alles andere als heiter war. Die Kommissarin nahm auf dem einzigen Stuhl Platz, Ria setzte sich ihr gegenüber auf die Bettkante.

»Ich will Sie nicht allzu lange stören«, betonte Antje, »aber ich muss so exakt wie möglich erfahren, was an dem Abend vor Niklas' Tod geschehen ist.«

Ria nickte und fuhr sich mit beiden Handflächen über das Gesicht. Sie schloss kurzzeitig die Augen. Als sie die Lider wieder hob, war ihr Blick mit Tränen verhangen. Sie begann: »Den Anfang haben Sie ja schon mitbekommen, Frau Fedder. Als unsere Strandparty losging, haben wir alle uns mehr oder weniger Mut angetrunken. Ich glaube, dass

Niklas als Einziger halbwegs nüchtern geblieben ist. Beschwören würde ich das allerdings nicht.«

»Können Sie sich einen Grund dafür vorstellen?«, hakte die Kommissarin nach.

Ria zuckte mit den Schultern und sagte: »Wahrscheinlich wollte er einen klaren Kopf behalten, um bei unserem kleinen Wettstreit objektiv zu bleiben. Marie, Clara und ich kämpften ja darum, dass eine von uns seine Favoritin wurde.«

Antje fand diese Jagd nach Niklas' Gunst für die Frauen beschämend und demütigend, doch ihre persönliche Meinung war jetzt nicht gefragt. Sie hielt sich zurück, auch wenn es ihr schwerfiel.

»Und – wer hatte Ihrer Einschätzung nach die Nase vorn?«

»Marie jedenfalls nicht, Frau Fedder. Sie trank viel mehr Bier als wir anderen Mädels, haute zum Telefonieren ab und weigerte sich, an der Suche nach diesem Schneckenhaus teilzunehmen. Kein Wunder, dass sie bei Niklas schnell untendurch war. – Ich habe ehrlich keine Ahnung, ob er letztlich Clara oder mich anziehender fand.«

Anziehend oder finanziell lukrativer?, dachte Antje. Sie führte sich vor Augen, was sie vor Kurzem mit ihrem Kollegen besprochen hatte.

»Was machen Sie eigentlich beruflich, Frau Holm?«

»Ich arbeite als Kassiererin in einem Supermarkt.«

»Und wie steht es mit Ihren Eltern?«

»Mein Papa ist Beamter im mittleren Dienst bei der Gemeinde, meine Mama ist Hausfrau. – Warum wollen Sie das wissen?«

»Das sind reine Routinefragen«, behauptete die Kommissarin. Mit diesem familiären Hintergrund wäre Ria gewiss nicht als »Einnahmequelle« für Niklas infrage gekommen. Weder von ihr selbst noch von ihren Eltern waren Reichtümer zu erwarten. Antje fuhr fort: »Erzählen Sie, wie die Party weiterging.«

»Wir verlagerten uns ein Stück weit Richtung Osten. Niklas wollte nicht, dass Sie noch einmal wegen Lärmbelästigung anrücken. Er wollte nicht noch einmal gestört werden. Jedenfalls machten Clara und ich uns auf die Suche nach diesen Wellhornschneckenhäusern. Als wir zurückkamen, war Marie schon in Ungnade gefallen. Man merkte, dass Niklas nichts mehr von ihr wissen wollte. Dagegen hatte ich nichts – eine Konkurrentin weniger, dachte ich mir.«

»Brannte zu diesem Zeitpunkt schon ein Feuer?«

»Nee, Frau Fedder. Es ist doch verboten, am Strand zu zündeln, oder? Wie gesagt, Niklas wollte Ärger mit der Polizei vermeiden. – Clara schaffte es jedenfalls als Erste, ihm so ein Schneckenhaus zu bringen. Also ging er mit ihr weg. Ich platzte fast vor Eifersucht, aber so funktionierte das Spiel eben. Doch eine halbe Stunde später kehrte Niklas allein zurück. Was zwischen ihm und Clara abgelaufen ist, weiß ich nicht. Es war mir auch egal.«

Aber mir nicht, dachte Antje. Hatte Niklas die Gefühle der psychisch labilen jungen Frau so stark verletzt, dass sie mit dem Messer zugestochen hatte? Doch wie passte Maries Brandmarkung in das Bild? Die Kommissarin brauchte mehr Informationen: »Wann kam Niklas wieder zu Ihnen?«

»Das muss um kurz vor Mitternacht gewesen sein. Marie, Lennard und ich saßen noch zusammen. Marie war schon ziemlich blau, nickte gelegentlich ein und faselte unverständliches Zeug. Niklas sagte, dass Lennard zum Ferienhaus zurückkehren sollte. Das machte er natürlich, ohne darüber zu diskutieren. Als er verschwunden war, wandte Niklas sich Marie und mir zu. Er sprach von einer großen Überraschung, die noch während der Nacht auf uns warten würde. Ich fragte, ob wir am Strand bleiben sollten.

Niklas lachte nur und empfahl mir, auf mein eigenes Gefühl zu hören. Ich stand auf und ging ein Stück weit weg, weil ich Marie nicht in der Nähe haben wollte. Ehrlich gesagt hoffte ich darauf, dass Niklas mir folgen und mich küssen würde. Das geschah leider nicht. Ich wartete ungefähr eine Stunde, allmählich wurde mir kalt. Schließlich kehrte ich zum Ferienhaus zurück. Ich war total enttäuscht und dachte, dass Niklas sich endgültig für Clara entschieden hätte.«

»Nicht für Marie?«

Ria lachte, aber sie klang nicht amüsiert.

»Ganz bestimmt nicht, Frau Fedder! Diese Sumpfeule konnte ja keinen deutlichen Satz mehr über die Lippen bringen.«

Den Eindruck von Maries Volltrunkenheit konnte die Kommissarin teilen. Dennoch hakte sie nach: »Während Sie allein unterwegs waren – in welche Richtung gingen Sie da? Hat Sie jemand gesehen?«

»Daran kann ich mich nicht erinnern. Ich lief auf der Strandpromenade, da kam ich an einigen Lokalen vorbei. Die *Juister Kajüte* schloss gerade, der Wirt machte die Lichter aus. Ich ging bis zum *Alten Kurhaus*, diesem großen Hotel. Von dort aus kehrte ich um.«

»Haben Sie nicht versucht, Niklas telefonisch zu erreichen?«, wollte Antje wissen.

Ria schüttelte den Kopf und erwiderte: »Nein, er hatte uns ja eine Überraschung versprochen. Das hieß für mich, dass er mich mit einer angenehmen Neuigkeit überrumpeln wollte. Ich wollte ihm ganz gewiss nicht mit einem Anruf auf die Nerven gehen.«

Rias Angaben ließen sich nicht überprüfen. Ihre Aussage kam Antje glaubhaft vor, aber das war natürlich noch kein Beweis für ihre Unschuld. Es hatte jedenfalls zu einem Mann wie Niklas gepasst, mit der Ankündigung einer Überraschung die Frauen zu verblüffen. Worin dieser

Knalleffekt wohl bestanden hatte? Die Kommissarin musste an das Treibholzfeuer und das Brenneisen denken. Sie zeigte Ria ein Foto, das sie von dem Gegenstand gemacht hatte: »Haben Sie so etwas schon einmal gesehen?«

Die junge Frau schüttelte den Kopf und sagte: »Nein. Ist das ein Schürhaken?«

»So etwas Ähnliches«, gab Antje zurück. Ria schien wirklich nicht zu wissen, was für einen Zweck das Eisenstück erfüllen sollte. Antje stand auf und stellte eine letzte Frage: »Wann waren Sie wieder im Ferienhaus?«

»Das muss so gegen ein oder halb zwei Uhr morgens gewesen sein. Ich habe nicht auf die Uhr geschaut.«

»Für den Moment gibt es nichts Weiteres zu klären. Sie können mich jederzeit anrufen, falls Ihnen noch etwas einfällt oder Sie eine ungewöhnliche Beobachtung machen.«

Mit diesen Worten gab die Kommissarin Ria eine ihrer Visitenkarten und verabschiedete sich.

Sie kehrte zur Polizeiwache zurück, ging in ihre Privatwohnung und zog statt der Uniform Jeans und einen leichten Baumwollpullover sowie eine Windjacke an. Im September konnten die Abende auf Juist schon kühl werden, wenngleich der Sommer sich noch nicht komplett verabschiedet hatte. Antje schlenderte zur Strandpromenade hinunter und dachte erneut darüber nach, ob das Verbrechen an Niklas Brenner zu verhindern gewesen wäre. Die Insel verfügte über einen sehr langen und breiten Sandstreifen, der unmöglich Tag und Nacht lückenlos überwacht werden konnte – jedenfalls nicht, wenn dafür nur zwei Polizeibeamte zur Verfügung standen. Wenn allerdings ein Anwohner oder Passant das illegale Feuer rechtzeitig gemeldet hätte … aber es war müßig, darüber nachzugrübeln. Es war leider nicht geschehen.

Als die Kommissarin wenig später die Gaststube der *Juister Kajüte* betrat, hatte ihr Kollege bereits auf einem Barhocker Platz genommen. Auch Roland trug jetzt Zivil, er hatte sich für Jeans und eine dunkle Cordjacke entschieden.

»Der schönste Platz ist immer an der Theke, oder?«, scherzte sie und gab ihrem Freund einen Kuss auf die Wange. Dann glitt Antje auf einen der freien Holzhocker und winkte ihrem Vater zu, der wie im Akkord Bier zapfte. Das Lokal war gut besucht, und die sommersprossige Kellnerin eilte pausenlos zwischen dem Tresen und den Tischen hin und her.

»Mein Besuch bei Gerrit Oelde hat nur ein paar Minuten gedauert«, berichtete der Kommissar. Er fuhr fort: »Der Vermieter konnte mir nichts über Niklas Brenner und seine anderen Gäste sagen. Oelde war kurz angebunden, beinahe schon unfreundlich. Ist es möglich, dass er etwas gegen die Polizei hat?«

Bevor Antje antworten konnte, mischte Tjark Fedder sich ein. Er hatte offenbar den Namen aufgeschnappt: »Du musstest mit Gerrit Oelde sprechen, Roland? Der hat momentan grundsätzlich miese Laune. Erst vor ein paar Tagen war er bei mir, hat ein paar Gläser Grog gekippt und sich darüber beklagt, dass ihn jemand mit Investitionen in Kryptowährungen – oder wie sich das nennt – betrogen hätte. Dabei sollen seine ganzen Ersparnisse draufgegangen sein.«

Kapitel 10

Die Ermittler ließen diese neue Information erst einmal sacken. Dann erwiderte Roland: »Das ist wirklich hilfreich, Tjark. Vor allem, weil der alte Knabe diesen Betrug mit keiner Silbe erwähnt hat. Normalerweise geht man doch zur Polizei, wenn man Opfer eines Verbrechens wird.«

Der Wirt zuckte mit den Schultern und griff wieder zum Zapfhahn.

»Vielleicht hat Gerrit geglaubt, dass er sein Geld sowieso niemals wiedersieht. Außerdem lösen wir Inselfriesen unsere Probleme lieber auf eigene Faust.«

Letztere Behauptung stimmte grundsätzlich, wie Antje aus Erfahrung wusste. Sie fragte sich, ob Oelde etwas mit dem Mord an Niklas zu tun haben könnte. Ob sich herausfinden ließ, welcher Person der Vermieter den Verlust seiner Ersparnisse verdankte? Rolands Überlegungen schienen in dieselbe Richtung zu gehen.

»Nehmen wir uns Oelde morgen früh noch einmal gemeinsam vor?«, raunte er ihr zu.

Sie nickte und sagte: »Auf jeden Fall, mein Lieber.«

Dann berichtete sie kurz von Ria Holms Befragung.

»Traust du ihr die Tat zu?«, wollte Roland wissen. Er trank einen Schluck Bier.

Antje erwiderte: »Für eine eiskalte Mörderin halte ich sie nicht. Aber vielleicht hat sie im Affekt zugestochen. Andererseits schien sie von der Todesnachricht vollkommen überrascht worden zu sein, als wir erstmals das Ferienhaus betreten hatten.«

»Solange sie kein wasserdichtes Alibi hat, können wir sie jedenfalls nicht ausschließen«, stellte der Kommissar fest. Dann ging er zu unverfänglichen Themen über, wofür Antje ihm dankbar war. Wenn die beiden auch in ihrer Freizeit nur noch über die Arbeit sprachen, würden sie bald gar kein

Privatleben mehr haben. Und dann war es bis zum Burnout nur noch ein kleiner Schritt. Daher amüsierte die Kommissarin sich jetzt über Rolands Geschichte von einem Container voller Kinderspielzeug, der auf einer Nachbarinsel angeschwemmt worden war. Die beiden plauderten noch eine Stunde lang miteinander und mit Tjark Fedder. Dann verabschiedeten Antje und Roland sich, um den Abend in der Dienstwohnung gemeinsam ausklingen zu lassen.

*

Der nächste Morgen begann mit einer guten Nachricht.

»Das kriminaltechnische Labor konnte auf dem Messergriff verwertbare Fingerabdrücke nachweisen«, verkündete Antje. Ihr Kollege war in sein Pensionszimmer zurückgekehrt, um die Zivilkleidung wieder gegen seine Uniform zu tauschen.

»Also müssen wir nur von allen Verdächtigen Vergleichsproben nehmen, um den Täter oder die Täterin zu ermitteln«, erwiderte er.

»Du sagst es, mein Lieber. Vielleicht legt die Person unter dem Druck der Indizien sogar ein Geständnis ab. Ich fürchte nämlich, dass einem Strafverteidiger wie Dr. Noth noch nicht einmal die Prints seiner Mandantin reichen würden, um ihre Schuld einzuräumen.«

»Dann hältst du Clara für die Mörderin, Antje?«

»Frag mich etwas Leichteres, mein Lieber. Seit gestern Abend ist jedenfalls auch Gerrit Oelde meiner Meinung nach höchst verdächtig. Ich kenne ihn seit vielen Jahren. Eigentlich halte ich ihn für einen friedfertigen Menschen. Aber leider neigt er zum Jähzorn. Falls Niklas Brenner wirklich für diese missglückte Transaktion mit Gerrits Ersparnissen verantwortlich ist, könnten bei dem Alten die Sicherungen durchgebrannt sein.«

»Ich habe jedenfalls nichts dagegen, wenn du den größten Teil der Befragung übernimmst. Bei mir hat Oelde kaum die Zähne auseinanderbekommen«, sagte Roland.

Bevor die beiden sich auf den Weg zu dem Ferienhausvermieter machten, schauten sie sich noch das vorläufige Obduktionsergebnis an. Nicht nur die Kollegen von der Kriminaltechnik, sondern auch die Gerichtsmediziner hatten so schnell wie möglich gearbeitet.

Antje las den Mailtext vor: »›Der Tod trat im Zeitraum zwischen ein und zwei Uhr morgens auf‹ – also kann Niklas nicht mehr lange gelebt haben, nachdem er Kehl ins Ferienhaus schickte und sich wenig später von Ria und Marie verabschiedete, wobei er eine Überraschung in Aussicht stellte.«

»Damit wird wohl kaum sein eigener Tod gemeint gewesen sein«, gab Roland trocken zurück.

Antje sagte: »Nein, und eine andere Tatsache ist auch hochinteressant: Die Mediziner konnten keine Anzeichen einer Erbkrankheit bei dem Leichnam feststellen. Ich habe extra darum gebeten, verstärkt darauf zu achten.«

Der Kommissar schlussfolgerte: »Kehl scheint diese rührselige Geschichte wirklich geglaubt zu haben, jedenfalls trug er sie uns mit vollster Überzeugung vor. Mit anderen Worten: Niklas hat auch seinen besten Freund verschaukelt, um ihn für seine finsteren Pläne einzuspannen. Der Kerl war wirklich ein Manipulator, wie er im Buche steht.«

»Und genau diese Eigenschaft könnte ihm zum Verhängnis geworden sein«, meinte Antje. »Lass uns zu Gerrit Oelde fahren.«

Die Inselpolizisten verließen die Wache und machten sich per Fahrrad auf den Weg zu dem Teil von Juist, der Loog genannt wird. Am Horizont zogen leichte Schleierwolken vorbei, die frische Brise ließ bereits den heraufziehenden Herbst ahnen. Oelde lebte in der Hammerseestraße, auf dem

Teilstück zwischen dem Piratenpad und der Memmertstraße. Hier gab es einige moderne Ferienhäuser, aber auch altehrwürdige Bausubstanz. Die kleine Kate aus rotem Backstein, in der Oelde wohnte, stand schon seit langer Zeit inmitten des winzigen Gartens. Antje konnte sich erinnern, dass sie dieses Haus schon als kleines Mädchen kannte. Damals hatte Oeldes Frau noch gelebt, die Kinder verabscheute und ihren weiß gestrichenen Zaun wie ein Heiligtum behandelte. Inzwischen war die Farbe größtenteils abgeblättert. Das ganze Gebäude machte einen leicht verwahrlosten Eindruck.

»Wenn Oeldes Ferienhaus genauso schäbig aussehen würde wie seine eigene Bude, würde er wohl keine Mieter bekommen«, raunte Roland seiner Kollegin zu, bevor sie an der Tür klingelte. Antje musste ihm recht geben. Ob dem Alten einfach das Geld für die Renovierung fehlte?

Es dauerte einen Moment, bis im Haus schlurfende Schritte ertönten. Dann öffnete Oelde. Er warf den Beamten einen missmutigen Blick zu.

»Was wollt ihr denn schon wieder von mir?«

»Moin, Gerrit. Es geht noch einmal um die Mieter deines Ferienhauses – und um einen mutmaßlichen Betrug.«

Antjes Worte waren freundlich, aber bestimmt. Es entging ihr nicht, dass Oelde zusammenzuckte. Sein Alter war schwer einzuschätzen, das lange Haar und der verfilzte Bart ließen ihn greiser erscheinen, als er war. Antje wusste, dass Oelde nicht älter als ihr Vater sein konnte. Doch während Tjark Fedder meist frisch und munter wirkte, machte der Vermieter einen matten und erschöpften Eindruck. Sein graues, verwaschenes T-Shirt und die zerschlissene Jeans waren Relikte vergangener Modezeiten. Er hatte offenbar vor vielen Jahren damit aufgehört, sich neue Kleidung zu kaufen.

Oelde gab die Tür frei. Die Ermittler folgten ihm in seine Küche. Die Einrichtung schien er von seinen Eltern oder Großeltern übernommen zu haben. Auf dem Küchentisch lag die ausgebreitete Tageszeitung, auf einem Brettchen befanden sich die Reste des Frühstücks. Es roch nach starkem Tee und selbstgedrehten Zigaretten. Antje beschloss, direkt zur Sache zu kommen: »Ich möchte mit dir über Kryptowährungen sprechen, Gerrit.«

»Ich habe keine Ahnung, was das sein soll«, behauptete er.

Die Kommissarin stemmte die Fäuste gegen ihre Hüften und warf Oelde einen missbilligenden Blick zu: »Das glaube ich dir sogar. Wahrscheinlich hast du keinen blassen Schimmer von dieser Art Geldanlage. Trotzdem gibt es einen zuverlässigen Zeugen, dem du dein Leid über Kryptowährungen geklagt hast – nämlich meinen Vater.«

»Verflucht, dann konnte also Tjark nicht den Mund halten! Ich dachte immer, Kneipenwirte wären so etwas wie Geistliche – jedenfalls, was das Beichtgeheimnis angeht.«

Unter normalen Umständen hätte Antje einen solchen Vergleich wahrscheinlich sogar amüsant gefunden. Jetzt ging es allerdings darum, einen Mord aufzuklären. Sie wurde deutlicher: »Lenk nicht ab, Gerrit. Du hast Papa gegenüber zugegeben, dass du mit einer Investition in Kryptowährungen deine gesamten Ersparnisse verbrannt hast.«

»Na, und wenn schon!«, polterte Oelde. »Was geht es die Polizei an, wenn ich alter Esel mich übers Ohr hauen lasse?«

»Zunächst einmal ist Betrug eine Straftat, wie dir bekannt sein dürfte«, begann Antje. »Und mir erscheint es als ein seltsamer Zufall, dass der Hauptmieter deines Ferienhauses an der Dünenstraße sein Geld mit Kryptowährungen verdient hat – und ermordet wurde.«

Der Alte kniff die Augen zusammen.

»Niklas Brenner lebt nicht mehr?«, vergewisserte er sich. »Ich habe gehört, dass ein junger Spund am Strand tot aufgefunden wurde. Woher hätte ich ahnen sollen, dass es sich um meinen Urlaubsgast handelt?«

Die Kommissarin musste sich nicht fragen, woher Oelde diese Information hatte. Juist war eine kleine Insel, und der Abtransport der Leiche aufs Festland war gewiss nicht unbemerkt geblieben. Die Überraschung des Vermieters schien echt zu sein. Allerdings hatte er genügend Zeit gehabt, um sich auf einen Besuch durch die Ermittler vorzubereiten und seine Reaktion einzustudieren.

»Also hattest du keine Geschäftsbeziehung zu Niklas Brenner, die über das Vermieten des Ferienhauses hinausging?«, bohrte Antje nach.

Oelde wich ihrem Blick aus.

»Nein.«

»Du bist kein guter Lügner, Gerrit. Sollen wir wirklich beim Staatsanwalt eine Überprüfung deiner Telefon- und Kontodaten beantragen? Werden wir keine Hinweise darauf finden, dass du diese unselige Investition Niklas Brenner verdankst?«

Oelde reagierte nicht sofort. Er hatte am Küchentisch gesessen, nun stand er auf und stemmte seine Arme gegen die Wand. Den Kopf senkte er, schaute weder Antje noch Roland an.

»Ich bin ein Dummkopf gewesen, seid ihr nun zufrieden? Das gibt niemand gern zu. Ihr wisst doch auch, wie mickrig die Sparzinsen sind. Brenner versprach mir, mein Geld innerhalb von wenigen Monaten zu verdoppeln. Er hat mich richtig eingeseift, und ich fand ihn sympathisch, aufgeweckt und vertrauenswürdig.«

Das wundert mich nicht, dachte die Kommissarin. Niklas Brenner hatte es verstanden, die Menschen von sich einzunehmen.

»Wie kam der Kontakt zustande, Gerrit?«

»Ich suchte im Internet nach modernen Anlagemöglichkeiten. Da fand ich die Homepage von Brenner, wo auch seine Telefonnummer stand. Ich rief ihn an und war sofort von ihm angetan. Dabei fällt es mir normalerweise nicht leicht, auf Fremde zuzugehen. Er kam schon zwei Tage später für ein persönliches Gespräch nach Juist und erklärte mir alles ganz genau. Ehrlich gesagt habe ich ihn nicht richtig verstanden. Ich weiß immer noch nicht, wie Kryptowährungen eigentlich funktionieren. Doch ich vertraute ihm. Und als er mitbekam, dass ich ein Ferienhaus vermiete, hat er es gleich für sich und seine Freunde gebucht.«

»Und wann hast du gemerkt, dass dein Geld fort war?«

»Vor einer Woche. Brenner hatte ein Konto für mich eingerichtet. Ich wollte nachschauen, ob ich schon etwas verdient hätte. Da stellte sich heraus, dass nur noch ein paar Cent vorhanden waren. Ich erschrak natürlich, immerhin ging es um meinen gesamten Notgroschen! Am Telefon beruhigte mich dieser Schaumschläger. Er faselte etwas von normalen Schwankungen und Marktbereinigung. Es würde sich alles schnell zum Guten wenden, behauptete er. Zunächst war ich beruhigt. Als Brenner und seine Freunde eintrafen, machte ich ganz normal die Schlüsselübergabe. Er nahm mich beiseite und behauptete, dass er gute Nachrichten für mich hätte und ich mir keine Sorgen mehr machen müsste. Er wollte mir alles bei einem persönlichen Gespräch erklären.«

»Und wann sollte diese Unterredung stattfinden?«, fragte Antje.

»Heute Abend. – Wie komme ich denn nun an mein Geld?«

Die Kommissarin wusste nicht, wie sie Oeldes Behauptungen einordnen sollte. Also hakte sie nach: »Warum hast du nicht sofort eine Strafanzeige wegen Betrugs gestellt, nachdem dein Geld weg war?«

»Ich hoffte immer noch, dass ich meine Ersparnisse zurückbekommen würde – aber nicht, wenn ich zur Polizei renne und Niklas Brenner anschwärze! Mir dämmerte allmählich, dass seine Geschäfte nicht ganz astrein waren. Aber ich ließ mich wieder von ihm einseifen, erst am Telefon und dann mit der Vertröstung auf dieses heutige Gespräch.«

Als Antje wieder den Mund öffnete, hatte ihre Stimme einen harten Unterton: »Es gibt auch noch eine andere Variante, Gerrit. Du bist ein Mann mit Lebenserfahrung. Ich nehme dir nicht ab, dass du dich gleich mehrmals hintereinander von so einem Blender beschwichtigen lässt. Vielleicht hast du ja dein Ferienhaus aus sicherer Entfernung im Auge behalten. Du wolltest herausfinden, was Niklas Brenner und seine Freunde so treiben. Du kennst dich auf der Insel bestens aus. Für dich wäre es kein Problem gewesen, die Gruppe bei ihrer munteren Strandparty im Auge zu behalten. Aber die Frauen und Lennard Kehl waren dir egal, es kam dir nur auf Niklas Brenner an. Du musstest dich in Geduld üben, aber schließlich war der Betrüger allein. Du gingst zu ihm, wolltest ihn zur Rede stellen. Vielleicht hat er ja wirklich versucht, dich mit einem Gesprächstermin am heutigen Tag zu vertrösten. Doch du hast ihm kein Wort mehr geglaubt. Irgendwann konntest du seine Ausflüchte nicht mehr hören. Du nahmst dir ein Messer, und …«

Oelde hatte mehrfach versucht, die Inselpolizistin zu unterbrechen. Sie redete einfach weiter. Doch nun fiel er ihr ins Wort, bevor sie den Satz beenden konnte: »Ihr denkt, ich hätte diesen Schleimer getötet? Das ist kompletter Unsinn. Ich bin es nicht gewesen. Warum sollte ich Niklas Brenner umbringen? Er war doch der Einzige, durch den ich mein Geld hätte zurückbekommen können!«

»Ja, das könnte stimmen«, entgegnete Antje. »Ich gehe von einer Tat im Affekt aus. In dem Moment, als du zugestochen hast, waren dir diese Folgen deiner Handlung gar nicht bewusst.«

Der Alte schüttelte heftig den Kopf und riss die Augen weit auf.

»Nein, Antje – das stimmt alles überhaupt nicht!«, beteuerte er. »Wie kannst du so etwas von mir denken? Wir kennen uns schon ewig, ich bin bei deiner Einschulung dabei gewesen, habe auf dem Schifferklavier gespielt.«

Die Kommissarin musste wirklich für einen Moment an diesen feierlichen Tag denken, den sie vor vielen Jahren in der Inselschule erlebt hatte. Das war ein unvergessliches Erlebnis gewesen, doch von solchen sentimentalen Erinnerungen durfte sie sich nicht bei der Polizeiarbeit beeinflussen lassen. Das war freilich auf Juist, wo alle Einwohner einander kannten, oft leichter gesagt als getan.

»Wenn du nichts verbrochen hast, musst du dich auch vor der Justiz nicht fürchten«, stellte sie klar und versuchte, ihrer Stimme einen beruhigenden Klang zu geben. »Wo bist du denn in der Nacht vom ersten auf den zweiten September zwischen ein und zwei Uhr morgens gewesen?«

Oelde schaute Antje an, als ob sie den Verstand verloren hätte. Doch nach kurzem Zögern begriff er, worauf ihre Frage abzielte.

»Ist das die Zeit, als der Schnösel starb? Da … bin ich im Bett gewesen, habe geschlafen.«

»Gibt es dafür Zeugen?«

»Natürlich nicht, Antje. Du weißt doch, dass ich verwitwet bin. Verhaftet ihr mich jetzt?«

»Dafür gibt es momentan noch keinen Grund«, erklärte sie und zog den Fingerabdruckscanner aus ihrer Umhängetasche.

Oelde schaute das Gerät so entsetzt an, als ob es ein Folterinstrument wäre.

»Was habt ihr vor?«

»Ich werde deine Fingerabdrücke registrieren, das tut auch nicht weh. Danach können wir dich wahrscheinlich sehr schnell als Tatverdächtigen ausschließen – oder auch nicht.«

»Traust du mir wirklich einen Mord zu?«

»Darum geht es nicht«, betonte die Kommissarin. »Niklas Brenner wird sich wohl nicht selbst ein Messer in den Rücken gerammt haben. Und wir werden den Täter oder die Täterin zur Rechenschaft ziehen. – Gerrit, du hast doch die jungen Leute bei der Schlüsselübergabe erlebt. Ist dir etwas Besonderes an ihnen aufgefallen?«

Während Antje mit dem Ferienhausbesitzer sprach, nahm sie seine Fingerabdrücke. Oelde schaute zur Seite, er schien nachzudenken.

»Naja … die Mädels himmelten Brenner an, er war ja wirklich ein hübscher Bengel. Man kann sich vorstellen, dass sie in ihn verschossen waren. Das heißt, diese Dunkelhaarige hielt sich zurück. Sie hatte so einen glasigen Blick, als ob sie innerlich ganz woanders wäre. Vielleicht ist sie nur schüchtern, was weiß ich. Und Brenners Freund sagte überhaupt nichts, der stand wie ein Leibwächter einen Schritt neben ihm.«

Oeldes Beschreibung traf auf Clara Opitz zu. Ob sie unter dem Einfluss von Medikamenten stand, als die Schlüsselübergabe stattgefunden hatte? Antje führte sich vor Augen, dass die Kombination mancher Pillen mit Alkohol verheerende Wirkungen haben konnte. War die zierliche Brünette vielleicht durch so einen fatalen Mix zur Mörderin geworden?

Diese Fragen musste die Kommissarin mit ihrem Kollegen besprechen, aber gewiss nicht in Oeldes Gegenwart.

»Gerrit, das wäre für den Moment alles. Bitte halte dich zu unserer Verfügung, bis die Ermittlungen abgeschlossen sind.«

»Ich habe nicht vor, Juist zu verlassen«, erklärte er. »Ich wüsste gar nicht, wohin ich gehen sollte.«

Darauf erwiderten die Kommissare nichts. Als sie das Haus verlassen hatten, atmete Roland tief durch und schaute sich um.

»Oelde steht hinter der Gardine und lässt uns nicht aus den Augen, Antje.«

»Er ist durcheinander, das habe ich sofort gemerkt. Ich weiß bloß nicht, ob sein Zustand auf Niklas' Tod oder auf den großen Geldverlust zurückzuführen ist. Eigentlich traue ich Gerrit so eine Bluttat nicht zu. – Unsere anderen Verdächtigen sind allerdings auch keine Gewohnheitsverbrecher mit Gewalterfahrung.«

Bevor Roland etwas erwidern konnte, klingelte Antjes Smartphone. Wenn die beiden unterwegs waren, wurden die Anrufe bei der Polizeistation Juist auf ihr Mobilgerät umgeleitet. Sie meldete sich mit Namen und Dienstgrad.

»Moin, hier spricht Jens Koch vom kriminaltechnischen Labor Oldenburg. – Frau Fedder, es geht um die Fingerabdruckdatei, die Sie uns gestern zukommen ließen. Wir haben einen Vergleich vorgenommen und können eine Übereinstimmung mit den Spuren auf dem Gegenstand nachweisen.«

Antjes Pulsschlag beschleunigte sich. Es ging um die Fingerabdrücke von Clara Opitz, die sie noch am Vorabend an die Kollegen in Oldenburg weitergeleitet hatte.

»Also stammen die Abdrücke auf dem Messer von dieser Person, Herr Koch?«

»Nein, da habe ich mich wohl nicht eindeutig geäußert. Ich spreche von diesem Eisenstück, das als Brandeisen gedient haben könnte.«

Kapitel 11

Nachdem Antje das Telefonat beendet hatte, teilte sie Roland die Neuigkeit mit. Er wirkte verblüfft: »Wenn Rias Aussage stimmt, war Marie als Konkurrentin um Niklas' Gunst doch sowieso schon aus dem Rennen. Und wie hat Clara das Brandeisen in die Finger bekommen?«

»Das ist eine berechtigte Frage, mein Lieber! Und die werden wir Dr. Noths Mandantin so bald wie möglich stellen, ob es ihm passt oder nicht!«

Doch zunächst kehrten die Kommissare zur Wache zurück, um den Datensatz mit Oeldes Fingerabdrücken an das kriminaltechnische Labor zu übermitteln. Während Antje sich damit beschäftigte, schaltete auch ihr Kollege seinen Computer ein. Nachdem sie ihre Nachricht abgeschickt hatte, winkte er sie zu sich hin. Er sagte: »Schau mal, was ich gerade gefunden habe. Wir vermuteten ja schon, dass Claras Familie über das nötige Kleingeld verfügt. Jetzt wissen wir es.«

Die Kommissarin beugte sich vor und betrachtete ein Pressefoto, das auf dem Monitor zu sehen war. Es zeigte ein Ehepaar zusammen mit ihrer Tochter. Alle trugen festliche Kleidung, und bei der jungen Frau handelte es sich zweifellos um Clara. Die Bildunterschrift lautete: »Hamburger Reederfamilie Opitz spendet fünfzigtausend Euro für Kinderheim.«

»Es ist ehrenwert, so viel Geld für wohltätige Zwecke auszugeben«, meinte Roland, »und wer solche Summen erübrigen kann, ist zweifellos ein sehr interessantes Opfer für einen Schaumschläger wie Niklas. Wir wissen jetzt, dass seine angebliche Erbkrankheit gar nicht existiert. Meiner Meinung nach wollte er in Claras reiche Familie einheiraten, um seine krummen Geschäfte so richtig auszubauen. Wahrscheinlich war dieser angebliche Wettstreit um seine Gunst reines Schmierentheater, das Ergebnis stand von vornherein fest.«

»Ja, doch sein Plan ging nicht auf«, stellte Antje fest. Sie fuhr fort: »Am Morgen nach der Party war Niklas tot und Marie verletzt. Uns fehlen noch einige entscheidende Puzzlestücke, und Clara wird nicht länger um eine Aussage herumkommen.« Mit diesen Worten griff sie zum Telefonhörer und rief Dr. Noth an. Da der Lautsprecher eingeschaltet war, konnte ihr Kollege das Gespräch mithören.

»Moin, hier ist Kommissarin Fedder von der Polizei Juist. Wir müssen uns noch einmal über Ihre Mandantin unterhalten.«

»Ich wüsste nicht, was es zu besprechen gibt. Sie kennen meinen Standpunkt, und …«

Antje ließ den Strafverteidiger nicht ausreden, sondern schnitt ihm das Wort ab. Normalerweise entsprach eine solche Unhöflichkeit nicht ihrer Art, aber sie wollte jetzt keine Zeit verlieren. »Es sind neue Erkenntnisse aufgetaucht, die Sie interessieren dürften, Herr Dr. Noth.«

Als die Stimme des Rechtsanwalts wieder zu hören war, klang sie deutlich frostiger.

»Wie Sie meinen, Frau Fedder. Ich sitze momentan noch beim Frühstück, ich konnte kurzfristig ein Zimmer im *Hotel Atlantic* buchen. Kommen Sie am besten hierher, solche Dinge bespricht man nicht am Telefon.«

»Da sind wir uns einig. Mein Kollege und ich werden in wenigen Minuten bei Ihnen sein.«

Mit diesen Worten beendete Antje das Telefonat. Das moderne und schöne *Hotel Atlantic* befand sich in der Wilhelmstraße, nicht weit von der Polizeiwache entfernt. Es war an dem Platz errichtet worden, wo einst das älteste Juister Gasthaus gestanden hatte. Von dort aus erreichte man sowohl das Ortszentrum als auch den Strand und den Fährhafen innerhalb kürzester Zeit.

»Der *Notnagel* scheint stilgerecht zu wohnen«, meinte Roland, während er sich von seinem Stuhl erhob und seine Mütze aufsetzte. »Naja, wer solche Mandanten wie die Reederfamilie Opitz hat, muss sich wegen seiner Spesenabrechnungen keine grauen Haare wachsen lassen.«

»Bist du etwa neidisch?«, fragte Antje mit einem ironischen Augenzwinkern.

Ihr Kollege schüttelte den Kopf. »Keineswegs. Der Anwalt muss zurück in den täglichen Großstadtwahnsinn, wenn seine Mission Juist beendet ist. Und ich darf auf dem *Töwerland* bleiben – mit dir.«

Antje schaute ihren Freund an. Sie war von ihm lockere Sprüche gewohnt, und seine unbeschwerte Art gefiel ihr sehr gut. Doch in diesem Moment war es ihm ernst, das konnte sie deutlich erkennen. Sie wusste, dass Roland sie liebte und Juist seine neue Heimat geworden war. Trotzdem tat es gut, dies gelegentlich zu hören.

»Du machst mich noch ganz verlegen«, murmelte sie, »lass uns lieber diesem hochkarätigen Juristen auf die Pelle rücken.«

»Mit dem größten Vergnügen«, gab der Kommissar lächelnd zurück.

Wenig später betraten die Ermittler den weitläufigen Frühstücksraum des Hotels. Dr. Noth saß an einem Fensterplatz im hinteren Bereich. Von dort aus hatte er einen guten Ausblick auf den Kurplatz und den Schiffchenteich. Antje fand, dass er weniger angespannt wirkte als bei ihrer ersten Begegnung. Obwohl der Strafverteidiger aus beruflichen Gründen auf die Ferieninsel gekommen war, konnte auch er sich offenbar der entspannenden Juister Atmosphäre nicht entziehen. Dr. Noth nickte den Polizisten zu, die an seinem Tisch ihm gegenüber Platz nahmen. Da sich keine anderen Hotelgäste in der Nähe befanden, konnten sie ungestört mit ihm reden. Antje kam sofort zur Sache: »Wir müssen unbedingt erfahren, was sich während der Nacht zwischen Ihrer Mandantin und Marie Wanders abgespielt hat. Und wir müssen diese Aussage von Clara Opitz selbst hören.«

Während der Anwalt soeben noch gelöst gewirkt hatte, setzte er nun eine abweisende Miene auf. »Frau Wanders ist eine der übrigen Personen aus dem Ferienhaus, nicht wahr? – Ich sehe keinen Grund, warum diese Information für den Mordfall von Interesse sein sollte.«

»Das wird sich zeigen«, sagte Roland. »Fest steht, dass an Marie Wanders eine schwere Körperverletzung begangen wurde, und zwar mithilfe eines Brandeisens – auf dem sich die Fingerabdrücke *Ihrer* Mandantin befinden.«

Das Mienenspiel des Strafverteidigers änderte sich nicht. Natürlich hatte er in seinem Beruf gelernt, seine Gefühle unter Kontrolle zu behalten. Trotzdem war Antje sicher, dass diese neue Erkenntnis ihn nicht kaltließ. Sicher, falls Clara Opitz wegen ihres Geisteszustandes wirklich nicht für ihre Taten verantwortlich gemacht werden konnte, musste sie keine Bestrafung fürchten. Trotzdem war es nie von Vorteil, in ein Verbrechen verwickelt zu sein. Bevor Dr. Noth reagieren konnte, ergänzte Antje die Worte ihres Kollegen: »Wenn die Aussage Ihrer Mandantin uns bei der Aufklärung des Mordfalls hilft, wird sich dies für sie positiv auswirken. Vielleicht kam die Brandwunde ja aufgrund einer Notwehrlage zustande, denn Marie Wanders war stark betrunken und kann sich an große Teile der Nacht nicht mehr erinnern. Wir müssen von Clara Opitz erfahren, was sich wirklich zugetragen hat.«

Der Jurist hatte sein Frühstück bereits beendet. Er verschob Messer, Gabel und Löffel auf der Tischplatte so, dass sie exakt an einer imaginären Linie ausgerichtet waren. Dann blickte er auf und sagte: »Also gut, ich komme Ihnen abermals entgegen. Ich werde auf meine Mandantin einwirken, damit sie Ihnen von der Tatnacht berichtet. Aber Sie sollten dabei bedenken, dass sie Psychopharmaka eingenommen und zusätzlich Alkohol getrunken hat. Ich muss Ihnen wohl nicht erklären, dass dadurch ihre Schuldfähigkeit nicht gegeben war.« Über Claras Gemütszustand zur Tatzeit würde ein Fachgutachten vor Gericht entscheiden, aber dies musste dem Rechtsanwalt natürlich auch bewusst sein. Für Antje zählte in diesem Moment nur, dass Dr. Noth seine Mandantin zum Reden bringen wollte. Er stand auf und tupfte seine Lippen mit einer Serviette ab. »Ich gehe gleich zu Frau Opitz und berate mich mit ihr. Danach würden wir zu Ihnen in die Polizeistation kommen«, kündigte er an.

Die Kommissare bedankten sich und verließen das Hotel.

»Lass uns etwas frische Luft schnappen und unsere nächsten Schritte planen«, schlug Roland vor.

Antje war einverstanden. Es half ihr oft beim Nachdenken, wenn sie aufs offene Meer hinausschauen konnte. Die beiden setzten sich auf eine der Ruhebänke, die neben dem Fährterminal standen. Es war bis zum Eintreffen des ersten Schiffs aus Norddeich noch genug Zeit, daher befanden sich momentan mehr Möwen als Menschen in der Nähe des Hafenbeckens.

»Wir sollten uns mit dem Gedanken anfreunden, dass Maries Verletzung und der Mord an Niklas vielleicht gar nichts miteinander zu tun haben«, dachte der Kommissar laut nach.

»Also hältst du Clara nicht für die Mörderin, Roland?«

»Es kommt mir unwahrscheinlich vor, dass sie erst mit dem Brandeisen Marie verwundet und dann mit einem Messer ihren Traumprinzen ersticht, wobei ihre Fingerabdrücke nur auf dem Eisenstück, nicht aber auf dem Griff der Mordwaffe sind.«

»Das stimmt – es sei denn, sie wollte von vornherein Niklas' Tod einer anderen Person in die Schuhe schieben«, erwiderte Antje. Sie fuhr fort: »Du hast doch das Messer gesehen – es handelt sich um einen normalen Haushaltsgegenstand, den du in fast jeder deutschen Küche findest. Wahrscheinlich stammt es aus dem Ferienhaus. Angenommen, eine andere Person hat damit zuvor Gemüse geputzt. Dann hätte Clara bei dem Mord nur Handschuhe überziehen müssen, um sich einen perfekten Sündenbock zu schaffen – denn ein Motiv hatten die anderen Bewohner auch.«

Roland nickte und sagte: »Das klingt nach einem raffinierten Plan. Falls du mit deiner Annahme recht hast, wird Clara es uns bestimmt nicht auf die Nase binden. Ein Mordgeständnis ist schon ein anderes Kaliber, als eine gefährliche Körperverletzung zuzugeben.«

Die Kommissare kehrten zur Wache zurück. Kaum waren sie dort eingetroffen, als auch schon Clara Opitz mit ihrem Rechtsbeistand erschien. Die junge Frau hatte sich dezent geschminkt. Sie trug dunkle Jeans sowie eine hochgeschlossene weiße Bluse und einen schwarzen Blazer. Ihr Haar hatte sie hochgesteckt. Es war, als ob sie zu einem Vorstellungsgespräch für einen Job erscheinen und dabei einen seriösen Eindruck machen wollte. Ob die Verdächtige momentan unter Medikamenten stand? Das konnte Antje unmöglich einschätzen, ausgeschlossen war es nicht. Dr. Noth wich nicht von Claras Seite und behielt sie im Auge. Er erinnerte die Kommissarin in diesem Moment an einen Trainer, der von seiner Athletin Spitzenleistungen erwartet.

Der Strafverteidiger und seine Mandantin durften im Wachlokal Platz nehmen. Antje bot ihnen Tee an. Dr. Noth erklärte sich damit einverstanden, dass die Befragung als Audiodatei aufgezeichnet wurde. Die Polizistin wandte sich an Clara: »Wir möchten jetzt von Ihnen erfahren, was sich aus Ihrer Sicht in der Nacht vom ersten auf den zweiten September abgespielt hat.«

Kapitel 12

Clara saß kerzengerade auf ihrem Stuhl. Sie hatte die Hände im Schoß gefaltet.

»Sie werden schon von dieser Aufgabe gehört haben, die Marie, Ria und ich lösen mussten. Marie zeigte gleich ihr Desinteresse und verschwand. Wir machten uns auf die Suche nach den Häusern von Wellhornschnecken. Ich hatte mich vor unserer Reise über die Tierwelt von Juist informiert und fand schnell so ein Gehäuse. Also gewann ich eine halbe Stunde allein mit Niklas.«

»Ich halte Sie für eine intelligente junge Frau. Sie machen nicht den Eindruck, als ob Sie nicht bis drei zählen könnten. Wie ist es möglich, dass Sie sich auf diesen seltsamen Wettbewerb überhaupt eingelassen haben?«

Antjes Frage rief bei der ernst wirkenden Clara ein Lächeln hervor.

»Vielen Dank für das Kompliment, Frau Fedder. – Niklas war ein Mann, der mein Herz berührte. Der Verstand hatte damit überhaupt nichts zu tun. Es spielte keine Rolle, was er sagte. Seine Worte waren wie Balsam, und seine Blicke schienen meine Haut zu streicheln.«

Ob diese Aussage ehrlich gemeint war? Antje erinnerte sich an ihre eigene kurze Begegnung mit dem Mordopfer. Natürlich hatte sie sich nicht in Niklas Brenner verliebt, dafür waren ihre Empfindungen Roland gegenüber viel zu stark. Doch sie musste sich eingestehen, dass sie ihn auf Anhieb als sympathisch und liebenswürdig angesehen hatte. Warum sollte so ein smarter Charmeur nicht drei wenig erfahrene junge Frauen zu so einem Konkurrenzkampf verleiten können?

»Was geschah, nachdem Sie mit Niklas Brenner allein waren?«

»Er nahm meine Hand und ging mit mir zum Spülsaum hinunter. Wir schlenderten an der Brandung entlang, bis wir außer Hör- und Sichtweite der anderen waren. Niklas machte mir Komplimente und benahm sich sehr süß. Mein Herz klopfte richtig laut. In diesen Momenten wäre ich beinahe schwach geworden. Doch das änderte sich, als wir zu dieser Feuerstelle kamen. Inzwischen wurde es allmählich dunkel. Niklas muss alles vorbereitet haben, jedenfalls war das Treibholz schon ordentlich zu einem Lagerfeuer zusammengefügt. Er zündete es an. Ich dachte zuerst, dass er die romantische Stimmung noch verstärken wollte. Aber dann sah ich das Brandeisen. Er hatte es nur zum Teil unter einer Decke versteckt.«

»Was taten Sie daraufhin?«, wollte Antje wissen.

»Ich fragte Niklas, was er mit diesem Instrument anfangen wollte. Er faselte etwas von Zusammengehörigkeit und davon, dass er und ich doch Seelenverwandte seien. Aber ich bin nicht auf den Kopf gefallen, Frau Fedder! Ich habe schon den einen oder anderen Westernfilm gesehen. Ich weiß, wozu eine solche Gerätschaft dient: Damit soll Vieh gebrandmarkt werden, um klarzustellen, wer der Besitzer ist!«

Die Kommissarin konnte der jungen Frau nicht widersprechen. Auch Antje hatte sofort erkannt, welchem grausamen Zweck das Eisenstück mit dem stilisierten Buchstaben N diente. War Niklas Brenners Selbstverliebtheit wirklich so weit gegangen, dass er seine Freundin als seinen persönlichen Besitz kennzeichnen wollte? Hatte er sich eingebildet, mit diesem Vorhaben bei Clara oder einer der anderen »Kandidatinnen« durchzukommen? Letztlich würden sich diese Fragen wohl niemals eindeutig beantworten lassen, weil er nicht mehr lebte. Bevor Antje weiter über diesen Punkt nachdenken konnte, fuhr Clara fort: »Ich werde oft unterschätzt, weil ich so klein und zierlich bin. Als ich das

Brandeisen erblickte, waren meine Gefühle für Niklas schlagartig erloschen. So, als ob jemand einen Eimer Wasser über mir ausgeleert hätte. Ich wollte mich auf keinen Fall von ihm misshandeln lassen. Also griff ich mir das Metallstück und rannte weg.«

»Hat Niklas Sie nicht verfolgt?«, fragte Roland.

Clara schüttelte den Kopf und antwortete: »Nein, darüber habe ich mich auch gewundert. Er rief mir nur nach, dass ich verwirrt sei und mich noch eines Besseren besinnen würde.«

War diese Aussage glaubwürdig? Antje zweifelte einen Moment lang daran, doch sie musste natürlich Niklas' Charakter berücksichtigen. Hatte er sich für so unwiderstehlich gehalten, dass Frauen ihm selbst die beabsichtigte Brandmarkung mit einem heißen Eisen verzeihen würden? Ja, angesichts des Gesamteindrucks war das durchaus vorstellbar.

Clara sprach weiter: »Ich kenne mich auf Juist nicht aus. Deshalb kann ich Ihnen nicht sagen, wohin ich lief. Nach einer Weile schaute ich mich um und stellte fest, dass Niklas nicht hinter mir war. Das Brandeisen hielt ich immer noch in der Hand. Am liebsten hätte ich es weggeworfen.«

»Warum sind Sie nicht zur Polizei gegangen? Wir hätten nicht zugelassen, dass jemand auf dieser Insel Menschen auf diese Art misshandelt.«

»Ich konnte nicht mehr klar denken, Frau Fedder. In dieser Nacht wurde ich von merkwürdigen Gefühlen gequält. Natürlich war ich grenzenlos enttäuscht von Niklas, in den ich mich schon ein wenig verliebt hatte. Und ich spürte eine unbändige Wut. Ich verlor den Sinn für Zeit und Entfernung, während ich auf dem dunklen Strand unterwegs war. Irgendwann stellte ich fest, dass ich im Kreis gelaufen sein musste. Vor mir flackerten nämlich die Flammen des Lagerfeuers. Ich war erschöpft und müde.«

Bevor Clara weitersprechen konnte, fiel Dr. Noth ihr ins Wort: »Meine Mandantin hat mir vorhin mitgeteilt, dass ihr Alkoholpegel in besagter Nacht hoch war. Außerdem hatte sie ihre Medikamente genommen. Daher war ihre Zurechnungsfähigkeit höchst eingeschränkt.«

War Clara wirklich nicht mehr Herrin ihrer Sinne gewesen? Das ließ sich im Nachhinein nicht mehr hundertprozentig sagen. Antje ging nicht auf den Rechtsanwalt ein, sondern wandte sich wieder an die junge Frau: »Wir möchten erfahren, was als Nächstes geschehen ist.«

»Ja, das kann ich verstehen. – Ich ging im Schutz der Dunkelheit vorsichtig auf den Lichtschein zu. Es wäre ja möglich gewesen, dass Niklas sich noch in der Nähe herumtrieb. Doch er war verschwunden. Was hätte er mit dem Feuer auch anfangen sollen, nachdem er kein Brandeisen mehr hatte. Ich kauerte mich in den Sand, um mir an den Flammen die Hände zu wärmen. Eigentlich war es schön, am Strand zu sitzen und auf das Rauschen der Brandung zu lauschen. Doch nach einer Weile fiel mir ein anderes Geräusch auf – jemand schnarchte.«

Rolands Gesicht nahm einen misstrauischen Ausdruck an. Er konnte es nicht ausstehen, wenn man ihn auf den Arm nehmen wollte. Das war Antje bekannt.

»Wie bitte?!«

»Es stimmt, Herr Witte! Zuerst konnte ich die Töne nicht richtig zuordnen. Bedenken Sie, es war schon dunkel. Doch dann schaute ich mich in der Umgebung um und entdeckte Marie. Sie lag ein Stück weit entfernt völlig besoffen im Sand und pennte. Da kam mir diese dumme Idee. Während mir Ria mehr oder weniger egal war, konnte ich Marie vom ersten Augenblick an nicht ausstehen. Ich finde sie aufdringlich und vulgär. Nun hatte ich die einmalige Chance, sowohl ihr eine Lektion zu erteilen als auch Niklas in Schwierigkeiten zu bringen. Ich erhitzte also das Brandeisen im Feuer und drückte es auf ihren Bauch – ich hoffe nicht, dass die Wunde allzu schlimm ist«, fügte sie hinzu.

Die Kommissare wussten ja schon, dass sich ihre Fingerabdrücke auf dem Eisen befanden. Trotzdem mussten sie dieses offenherzige Geständnis erst einmal sacken lassen. Dr. Noth warf sich für seine Mandantin in die Bresche: »Sie müssen bedenken, dass Frau Opitz sich in einer seelischen Ausnahmesituation befand. Wie gesagt, ein nervenärztliches Gutachten reichen wir noch nach. Sie beabsichtigte, den Verdacht auf Niklas Brenner zu lenken und ihn am nächsten Tag anzuzeigen. Dass er nicht mehr lebte, konnte sie nicht wissen.«

Wirklich nicht?, dachte Antje. Und wenn Clara nun wirklich für den Mord Handschuhe benutzt hatte? Dann würde sie nur wegen der Körperverletzung an Marie verurteilt werden, während das schwerere Verbrechen ihr nicht nachzuweisen war. Die Polizistin blickte der Verdächtigen ins Gesicht. Clara saß auf dem Besucherstuhl, als ob sie kein Wässerchen trüben könnte. In ihren Augen glaubte Antje so etwas wie hämische Genugtuung abzulesen, doch solche Gefühle würde sie vermutlich weder ihrem Anwalt noch der Polizei gegenüber zugeben.

Clara berichtete weiter: »Marie wurde wach, schrie und rannte davon. Ich denke nicht, dass sie mich in der Finsternis erkannt hat. Ich warf das Brandeisen in die nahe gelegenen Dünen und ging weg. Ich kehrte zum Ferienhaus zurück und nahm mir fest vor, Niklas am nächsten Morgen anzuzeigen. Aber dazu kam es dann ja nicht mehr, als ich durch Sie von seinem Tod erfuhr.«

»Und Sie sind Niklas Brenner in jener Nacht kein weiteres Mal begegnet?«, hakte die Kommissarin nach.

»Nein, wirklich nicht«, beteuerte Clara. Sie wirkte wie die sprichwörtliche Unschuld vom Lande, als sie diese Worte aussprach. Doch davon ließ Antje sich nicht blenden. Diese junge Frau hatte ihr wehrloses Opfer verletzt, um Niklas Brenner die Schuld in die Schuhe zu schieben.

Aber war sie auch eine Mörderin?

Diese Frage konnte noch nicht endgültig geklärt werden.

»Ich tippe später die Audioaufzeichnung dieser Befragung ab und lege Ihnen das Protokoll zur Unterschrift vor«, sagte die Kommissarin.

»Dieses Dokument werde ich genau prüfen«, erwiderte Dr. Noth mit einem drohenden Unterton in der Stimme. Er fügte hinzu: »Angesichts ihres labilen Zustandes hat meine Mandantin nun genug Entgegenkommen gezeigt.«

»Wie Sie meinen«, gab Antje zurück. »Wir werden noch einmal mit Marie Wanders sprechen. Vielleicht ist inzwischen ihre Erinnerung an jene Nacht zurückgekehrt.«

»Damit würde ich mich an Ihrer Stelle beeilen«, meinte Clara, »denn vorhin ist Marie aus dem Ferienhaus abgehauen. Sie rannte, als wäre der Leibhaftige hinter ihr her. Und Lennard hat sie verfolgt.«

Auf ihren Lippen erschien ein böses kleines Lächeln.

Kapitel 13

»Und mit dieser Information rücken Sie erst jetzt heraus?«

Antje sprang auf, sie war fassungslos. Gleichzeitig wurde ihr bewusst, dass sie keine vernünftige Antwort auf ihre Frage erwarten durfte. Clara war gestört, aber nicht dumm. Der jungen Frau musste bewusst sein, dass Kehl Marie für den Tod seines besten Freundes verantwortlich machte. Dies hatte er den Polizisten gegenüber deutlich geäußert.

»Falls Marie Wanders etwas zustößt, trifft Sie eine Mitschuld!«, rief Roland. Auch er war empört.

Und natürlich musste auch Dr. Noth seinen Senf dazugeben: »Meine Mandantin ist nicht verantwortlich für …«

»Sie haben jetzt mal Sendepause!« Der Kommissar fiel dem Juristen ins Wort. Er fügte hinzu: »Verlassen Sie bitte die Wache, das Gespräch ist beendet.«

»Mit dem größten Vergnügen. – Kommen Sie bitte, Frau Opitz.«

Der Strafverteidiger und seine Mandantin gingen hinaus. Nun hatte Clara wieder eine Unschuldsmiene aufgesetzt. Kein Außenstehender wäre auf den Gedanken gekommen, sie für eine mitleidlose Intrigantin und Verbrecherin zu halten. Antje atmete tief durch und griff zum Smartphone.

»Wen rufst du an?«

»Erst Marie, dann Kehl.«

Doch bei den zwei Mobiltelefonen sprang nur jeweils die Mailbox an. Die Kommissarin versuchte nun ihr Glück mit einer Ortungssoftware. Tatsächlich konnte das Programm die Geräte lokalisieren. Leider befanden sich beide Telefone offenbar noch in dem Ferienhaus.

»So ein Mist!«, fluchte Antje. »Wenn Marie etwas zustößt, werde ich mir das nie verzeihen. Kehl hat sie doch ganz unverhohlen bedroht!«

Roland legte seine Hand auf ihre Schulter.

»Wir haben ihn gewarnt und an Maries Vorsicht appelliert. Mehr konnten wir unter diesen Umständen nicht tun. Lass uns lieber überlegen, wie wir die beiden so schnell wie möglich finden.«

Seine Worte beruhigten sie ein wenig. Die Kommissarin neigte nicht zur Hysterie, denn in dem Fall hätte sie ihren Beruf gar nicht ausüben können. Im Polizeidienst kam es auf Kaltblütigkeit an, gerade in Stresssituationen.

»Du hast recht, Roland – wohin wird Marie sich gewendet haben? Sie wollte vielleicht von der Insel fliehen, die Fähre oder die Schnellfähre könnte sie noch erwischt haben.«

Während Antje laut nachdachte, schaute sie auf die Uhr. Sie fuhr fort: »Wenn Marie wirklich gerannt ist und kein Gepäck bei sich hatte, wird sie Aufsehen erregt haben. Außerdem war ja Kehl hinter ihr her.«

»Vielleicht konnte sie ihn abhängen«, vermutete der Kommissar. »Ihre Angst wird einen Adrenalinschub verursacht haben, damit könnte sie sogar diesem Radkurier Kehl davongelaufen sein. – Wir könnten Clara nach Einzelheiten fragen, aber ich glaube dieser falschen Schlange kein Wort mehr.«

»Das geht mir genauso«, erwiderte Antje, während sie ihre Mütze aufsetzte und die Außentür der Dienststelle öffnete. »Denkst du, dass sie Niklas auf dem Gewissen hat?«

»Ich weiß es nicht. Fest steht, dass sie uns kalt lächelnd verschwieg, dass Marie in Schwierigkeiten steckt. Sie muss diese Frau wirklich von Grund auf verabscheuen – oder sie hat allgemein keine Hemmungen, andere Menschen zu verletzen.«

Während die beiden miteinander sprachen, fuhren sie das kurze Stück bis zum Hafen hinunter. Die Fährschiffe hatten bereits abgelegt und Kurs auf Norddeich genommen. Die Polizisten sprachen mit dem Personal im Terminal. Den erfahrenen Mitarbeitern wäre gewiss aufgefallen, wenn jemand fluchtartig Juist hätte verlassen wollen. Doch die Abfahrt der Passagiere schien ganz ruhig und geordnet abgelaufen zu sein. Antje und Roland hatten keinen Grund, an den Aussagen zu zweifeln.

»Wir sollten uns auch im Yachthafen umhören«, schlug die Kommissarin vor. Ihr Kollege war einverstanden. Doch weder der Hafenmeister noch einige der anwesenden Freizeitkapitäne hatten Personen gesehen, auf die Maries oder Kehls Beschreibung passte.

»Marie kennt sich auf Juist nicht gut aus«, stellte Antje fest. »Wenn sie nicht von der Insel fliehen wollte, könnte sie dorthin gelaufen sein, wo sie schon einmal gewesen ist.«

»Du denkst an die Infohütte im Naturschutzgebiet? Aber es war dunkel, als sie dorthin geirrt ist. Wird sie diesen Platz wiederfinden?«

»Zumindest wäre das eine Möglichkeit. Oder hast du eine andere Idee?«

»Nee, leider nicht«, gab Roland zu. Sie stiegen auf die Räder und rasten los. Da Juist nur siebzehn Kilometer lang war, mussten sie auf der Insel niemals wirklich große Entfernungen zurücklegen. Trotzdem kam es der Kommissarin so vor, als ob sie und ihr Kollege sich nur im Schneckentempo dem Ziel näherten. Der Gedanke an Maries Schicksal quälte sie – erst wurde die Frau von der durchgeknallten Clara verletzt, und nun wollte auch noch Kehl wegen dem Tod seines Freundes mit ihr abrechnen. Wenn die Inselpolizisten gegen den jungen Mann einen Platzverweis ausgesprochen hätten, sähe die Sache schon ganz anders aus.

Antje merkte selbst, dass sie wild zu spekulieren begann. Noch gab es keinen Beweis dafür, dass es Marie nicht gut ging. Endlich erblickten die Kommissare die Infohütte. Sie ließen ihre Fahrräder zurück und näherten sich so leise wie möglich dem hölzernen Verschlag. Die Kommissarin blieb abrupt stehen und lauschte. Sie warf ihrem Kollegen einen fragenden Blick zu. Roland zuckte mit den Schultern, eine unmissverständliche Geste. Der Wind hatte aufgefrischt. Doch nun ertönten Stimmen von Menschen, von einem Mann und einer Frau. Allerdings waren die genauen Worte nicht zu verstehen. Außerdem ließ sich nicht einschätzen, ob es sich bei den Personen um Marie und Kehl handelte. Es konnten ebenso gut Urlauber sein, die den eigentlichen Zweck der Infohütte nutzen wollten – nämlich von dort aus die Tiere im Naturschutzgebiet beobachten zu können.

Auf jeden Fall mussten die Inselpolizisten äußerst umsichtig vorgehen. Falls Kehl die junge Frau als Geisel genommen hatte, befand sie sich in höchster Lebensgefahr. Es musste verhindert werden, dass er eine Kurzschlussreaktion beging. Außerdem wussten Antje und Roland nicht, ob er bewaffnet war. In der Besteckschublade des Ferienhauses hatte sich gewiss mehr als ein einziges Messer befunden, das sich als Waffe eignete. Die Kommissarin kam mit ihrem Mund so nahe wie möglich an das Ohr ihres Kollegen. Sie flüsterte: »Wir müssen das Überraschungsmoment nutzen. Lass uns zusammen die Treppe hochstürmen, dabei nehmen wir immer zwei Stufen auf einmal. Wenn wir es mit Kehl und Marie zu tun haben, dann bringst du den Verdächtigen zu Boden und ich schaffe die Frau aus der Gefahrenzone.«

»Einverstanden, so machen wir es.«

Antje wusste, dass sie in einem solchen Fall eigentlich eine SEK-Einheit vom Festland hätte anfordern müssen. Aber es würde viel zu lange dauern, bis die Elitepolizisten vor Ort waren. Niemand konnte einschätzen, wie lang der Verdächtige seine Geisel noch am Leben lassen würde. Die Kommissare mussten die Situation sofort auflösen. Und falls sich in dem Verschlag wirklich nur harmlose Touristen befanden, konnten sie ihre Suche nach Marie fortsetzen.

Antje schlich zum Fuß der Holztreppe und blickte hoch. Von dort aus konnte sie keine Personen sehen, und die Stimmen waren verstummt. War das ein gutes oder ein schlechtes Zeichen? Würde Marie nicht um Hilfe schreien, falls Kehl ihr ans Leben wollte? Doch die Infohütte war ein sehr einsamer Ort. Roland stand direkt neben Antje. Sie spannte ihre Muskeln an, nickte ihm zu. Und dann raste sie die Treppe hoch, wobei sie so leise wie möglich zu sein versuchte. Es kam ihr so vor, als ob die Stufen vor ihr überhaupt nicht enden wollten. Doch dann erreichte sie endlich die Plattform. Auf einer Ruhebank saßen Marie und Kehl. Antje hielt unwillkürlich den Atem an. Sie konnte kein Messer oder einen anderen Gegenstand erblicken, der sich als Waffe eignen würde. Und die beiden jungen Leute schienen sich in keiner Bedrohungslage zu befinden. Marie hatte auf dem Schoß ihres Verfolgers Platz genommen.

Die beiden hielten einander umschlungen und küssten sich leidenschaftlich. Es dauerte einige Sekunden, bis sie die Ankunft der Polizisten wahrnahmen.

Kapitel 14

Marie und Kehl schauten die Kommissare entgeistert an.

»Wir stören nur ungern«, sagte Antje, »aber würden Sie uns bitte erklären, was das zu bedeuten hat?«

»Wonach sieht es denn aus?«, gab die junge Frau frech zurück. »Lennard und ich haben uns ineinander verknallt, das soll vorkommen.«

Antje ließ sich nicht beirren: »Ja, darüber bin ich mir im Klaren. Aber uns liegt eine Zeugenaussage vor, dass Sie, Frau Wanders, in Todesangst vor Herrn Kehl geflohen sein sollen.«

Marie lachte.

»Hat Clara sich wieder aufgespielt? Sie tut immer so unschuldig, aber in Wirklichkeit hat sie es faustdick hinter den Ohren!«

Ob Marie wusste oder ahnte, dass Clara ihr die Brandwunde zugefügt hatte? Bevor Antje über diesen Punkt genauer nachdenken konnte, mischte sich Kehl ein: »Es stimmt, ich hielt Marie zunächst für die Mörderin meines Freundes. Ich wollte ihr den Vorwurf an den Kopf knallen, aber ich hatte nicht vor, ihr etwas zu tun. Sie lief weg, und ich verfolgte sie hierher. Sie beteuerte, dass sie Niklas nicht getötet hat. Ich glaube ihr, weil ich auf mein Herz höre. Vielleicht war Marie wirklich zu betrunken, um sich noch an Einzelheiten aus der Nacht erinnern zu können. Aber sie hat erkannt, dass Niklas nicht gut für sie war. Das zeigte sich doch schon bei diesem albernen Suchspiel nach dem blöden Schneckenhaus. Warum wollte mein Freund, dass die Frauen sich dadurch lächerlich machen? Es gab schon gute Gründe, dass Marie davon nichts wissen wollte!«

Das klang bei dir gestern aber noch ganz anders, sagte Antje in Gedanken zu dem angeblich besten Freund des Mordopfers. Die Kommissarin traute dem Braten nicht, und die ganze Situation erschien ihr höchst unwirklich. Roland schien genauso zu denken. Er fragte: »Und Sie, Frau Wanders? Haben Sie uns auch etwas zu berichten?«

»Ich bin eine Idiotin gewesen, Herr Witte. Niklas war ein Blender, das habe ich inzwischen glasklar erkannt. – Ja, ich fürchtete mich zunächst vor Lennard. Ich bin weggelaufen, das gebe ich zu. Doch schließlich holte er mich ein. Ich dachte, jetzt wäre alles aus. Doch je länger wir miteinander sprachen, desto stärker verrauchte seine Wut. Ich kann nicht beweisen, dass ich an Niklas' Tod unschuldig bin. Doch Lennard glaubt mir, und das ist für mich die Hauptsache.«

Sie warf dem neben ihr sitzenden Kehl einen verliebten Blick zu und fuhr mit der Hand durch sein Haar. Antje fragte sich, ob die beiden den Polizisten das frisch verliebte Paar nur vorspielten. Die Kommissarin erinnerte sich, dass auch sie selbst schnell Gefühle für einen Mann entwickelt hatte, als sie in Maries Alter gewesen war. Insofern konnten die Empfindungen der jungen Frau durchaus echt sein. Doch man konnte es drehen und wenden, wie man wollte: Beide Personen waren nach wie vor mordverdächtig.

»Wir benötigen Beweise, um den Mörder zur Rechenschaft ziehen zu können«, stellte Antje klar. »Daher möchte ich Sie bitten, uns zur Wache zu begleiten. Wir haben auch schon von Clara Opitz Fingerabdrücke genommen, und wir benötigen diese als Vergleichsproben auch von Ihnen.«

Roland ergänzte: »Die Kriminaltechniker konnten nämlich Abdrücke auf dem Griff der Mordwaffe nachweisen.«

Kaum hatte er diesen Satz ausgesprochen, als Kehl erbleichte. Zögernd fragte er: »Könnte ich bitte erst einmal allein mit Ihnen sprechen? Ich möchte nicht, dass Marie dabei ist.«

»Was ist los, Lennard? Hast du …?«

Marie schlug sich die flache Hand vor den Mund, konnte ihren Satz offenbar nicht beenden. Sie rückte auf der Ruhebank ein Stück von ihrem neuen Freund ab.

Antje sagte: »Es ist vielleicht wirklich besser, wenn Sie erst einmal ins Ferienhaus zurückkehren, Frau Wanders. Ich komme dann später und hole sie ab.«

Darauf erwiderte die junge Frau nichts. Die Kommissarin vermutete, dass sie die Neuigkeiten erst einmal verarbeiten musste. Marie blieb auf der Ruhebank sitzen und senkte den Kopf, als die Polizisten mit Kehl fortgingen.

»Es tut mir leid«, sagte er mit tonloser Stimme. Weitere Worte wurden nicht gesprochen, bis die drei das Wachlokal der Polizeistation erreicht hatten.

Antje platzierte Kehl auf ihrem Besucherstuhl und bot ihm ein Mineralwasser an. Sie stellte klar: »Wir vernehmen Sie jetzt als Beschuldigten. Sie stehen unter dringendem Verdacht, Niklas Brenner getötet zu haben. Sie müssen sich nicht selbst belasten und haben das Recht auf einen Strafverteidiger.«

»Das wird nicht nötig sein, Frau Fedder. Ich habe Niklas erstochen, daran gibt es nichts zu beschönigen.«

Bevor der junge Mann weitersprach, erklärte er sich damit einverstanden, dass die Befragung als Audio-Datei mitgeschnitten wurde. Die Kommissarin schaute ihn forschend an. Er wirkte nun entspannt, beinahe gelöst. Vielleicht, weil er den Ermittlern nichts mehr vorspielen wollte? Darüber konnte sie nur spekulieren. Es war Roland anzusehen, dass ihm eine Frage ganz besonders unter den Nägeln brannte: »Warum haben Sie uns gegenüber so getan, als ob Sie Marie für die Mörderin hielten und sich an ihr rächen wollten?«

»Das war dumm von mir, ich weiß. Mir fiel zunächst nichts Besseres ein. Ich wusste ja, dass sie nicht die Täterin sein konnte – weil nämlich ich es war, der zugestochen hatte.«

Antje beschloss, direkt auf den Punkt zu kommen: »Wann haben Sie sich in Marie verliebt?«

»Als ich sie zum ersten Mal gesehen habe. Sie ist anders als Ria und Clara, natürlicher, unsicherer – und auch verletzlicher. Was denken Sie, aus welchem Grund sie bei der Strandparty so tief ins Glas geschaut hat?«

»Um den Abend zu genießen, nehme ich an.«

»Da kennen Sie Marie schlecht, Herr Witte! Ich konnte ihr ansehen, dass sie sich unwohl fühlte. Die ganze Situation hat sie überfordert, was ich gut verstehen kann. Ich war im Grunde erleichtert, als sie an dieser albernen Suche nach den Schneckenhäusern nicht teilnahm. Ich hoffte, dass Niklas das Interesse an ihr verlieren würde. Und zunächst sah es auch danach aus. Deshalb würde ihr das Brenneisen erspart bleiben, dachte ich. Das hatte Niklas nämlich nur für seine absolute Favoritin vorgesehen.«

Antje hakte nach: »Also wussten Sie von der Existenz dieser Gerätschaft?«

»Ja, sicher. Ich betrachtete ja Niklas als meinen besten Freund. Inzwischen denke ich, dass ich nur sein Laufbursche war. – Wie auch immer, als ich Maries Wunde sah, brannten bei mir die Sicherungen durch.«

»Das müssen Sie uns genauer erklären«, forderte Roland. »Also haben Sie gar nicht erst durch uns von den Verbrennungen erfahren?«

»Nein, das bemerkte ich schon in jener Nacht. Nach der Party machte ich mir Sorgen um Marie, weil sie so blau war. Es heißt zwar immer, dass Betrunkene einen Schutzengel hätten, aber das ist doch nur so eine Binsenweisheit. Ich suchte sie überall und fand sie schließlich in dieser Hütte. Ich versuchte vergeblich, sie wach zu bekommen. Im Schein meiner Taschenlampe erblickte ich ihre Brandwunde.«

»An Ihrer Stelle hätte ich einen Arzt gerufen oder sie zu einem Mediziner gebracht«, meinte der Kommissar.

Kehl nickte. Er wirkte jetzt geistesabwesend. Ob er innerlich die dramatischen Minuten vor dem Tod seines ehemaligen Freundes noch einmal durchlebte? Das konnte sich Antje zumindest gut vorstellen. Der Täter fuhr fort: »Ich bin nie ein großer Held gewesen, aber in dem Moment war meine Wut größer als meine Angst. Und alle positiven Gefühle für Niklas waren erloschen. Ich rannte zurück zum Ferienhaus, wollte ihn zur Rede stellen. Er war nicht in seinem Zimmer. Ich nahm mir ein Gemüsemesser aus der Küche und steckte es ein. Dann lief ich zum Strand. Es war ja stockfinster, aber nach einer Weile roch ich Rauch und erblickte ein kleines Feuer. Dort kauerte Niklas. Er war auch nicht mehr ganz nüchtern. Ich ging zu ihm und warf ihm vor, Marie verletzt zu haben. Da lachte er mich aus und sagte, dass ich das kleine Luder gern haben könnte. Und dass er Marie weder mit dem Brenneisen noch mit den Fingern berühren würde. Ich sah im Feuer diesen dämlichen Anhänger aus Metall. Niklas hatte allen drei Frauen jeweils ein Exemplar geschenkt. Und ich war hundertprozentig sicher, dass Marie ihr Schmuckstück nicht mehr um den Hals trug. Bevor ich noch länger überlegen konnte, stach ich zu. – Niklas muss sofort tot gewesen sein, jedenfalls rührte er sich nicht mehr. Ich eilte davon und trank noch mehr Alkohol, um alles zu vergessen – sogar Marie.«

»Und warum haben Sie die Frau heute verfolgt?«, fragte die Kommissarin.

»Als Marie vom Arzt zurückkehrte, warf sie mir verängstigte Blicke zu. Da begriff ich, dass es ein Fehler gewesen war, Ihnen gegenüber den Racheengel zu spielen. Sie hatten Marie vor mir gewarnt, was ich verstehen kann. Aber ich wollte die Insel nicht verlassen, ohne ihr meine Gefühle zu gestehen. Eigentlich rechnete ich mir keine echte Chance aus. Aber Sie haben ja vorhin gesehen, dass sie aus ihren schlimmen Erfahrungen gelernt hat. Ich mag ein Mörder sein, aber meine Liebe zu Marie ist echt!«

Antje kam immer noch nicht darüber hinweg, dass Kehl zuvor den Verdacht auf seine Angebetete gelenkt hatte. Vielleicht hatte er ja wirklich darauf vertraut, dass die Justiz keine Unschuldige für die Tat bestrafen würde. Wie auch immer, jetzt hatte er ja ein komplettes Geständnis abgelegt. Eine Wahrheit konnte die Kommissarin ihm trotzdem nicht ersparen: »Die Brandverletzung wurde Frau Wanders übrigens von einer anderen Person zugefügt. Ich persönlich denke, dass Niklas Brenner ein frauenverachtender Krimineller war, der sich vermutlich durch eine Heirat finanziell sanieren wollte. Seine Erbkrankheit ist frei erfunden, das hat die Obduktion des Leichnams ergeben. Er war ein Schurke, aber Marie Wanders hat er nicht verletzt – zumindest nicht körperlich.«

Kehl starrte Antje an, als ob er einen Geist sehen würde.

»Das … das gibt es doch nicht … Wer …?«

Roland kam zu dem Verdächtigen hinüber und griff seinen Arm.

»Sie beruhigen sich jetzt erst einmal, dafür ist unsere Arrestzelle hervorragend geeignet. Wir tippen jetzt das Verhörprotokoll ab, danach sieht die Welt schon ganz anders aus.«

Kehl schien von diesen Worten nicht überzeugt zu sein, zumindest ließ sein Gesichtsausdruck darauf schließen. Doch er widersetzte sich nicht, als der Polizist ihn ins Gewahrsam führte.

Als Roland allein ins Wachlokal zurückkehrte, sagte er: »Was meinst du, Antje? Nach Kehls Schilderung könnte er um eine Mordanklage herumkommen. Für mich hörte sich das eher nach einem Totschlag im Affekt an. Bei einer Person ohne Vorstrafen wird die Strafe für diesen Unglücksraben vielleicht nicht zu hart ausfallen.«

»Zum Glück entscheiden nicht wir, sondern die Staatsanwaltschaft über die Abfassung der Anklageschrift, Roland. – Wenn Kehl schon bei der Strandparty Marie seine Gefühle gestanden hätte, dann müssten wir gar keinen Toten beklagen.«

»Dann wäre es bei einer simplen Ruhestörung geblieben«, stellte Roland trocken fest.

ENDE

Ostfrieslandkrimi-Empfehlungen des Klarant Verlages

Lernen Sie auch die anderen Bücher der Ostfrieslandkrimi-Serie »**Witte und Fedder ermitteln**« von **Sina Jorritsma** kennen:

Die Kommissarin Antje Fedder ist ein waschechtes Juister Inselkind. Sie kennt ihr Heimat-Eiland wie ihre Westentasche. Als zurückhaltende Norddeutsche hat sie anfangs so ihre Probleme mit der charmanten und unbeschwerten Art ihres zugezogenen Kollegen Roland Witte. Doch Gegensätze ziehen sich bekanntlich an, und die beiden Polizisten lösen auf der kleinen Insel auch die kniffligsten Krimirätsel. Auch Antjes Vater Tjark Fedder steht ihnen mit Rat und Tat zur Seite, denn der Gastwirt schnappt viele Informationen auf. Nur die übereifrige Bürgermeisterin Silke Meester erschwert den Ermittlern oft die Arbeit.

In der Serie sind bereits folgende Ostfrieslandkrimis erschienen:

»Juister Herzen«, Band 1
Taschenbuch-ISBN: 978-3-95573-911-9
eBook-ISBN: 978-3-95573-912-6

Ein mysteriöser Todesfall versetzt die ostfriesische Insel Juist in Aufruhr. Im Bett einer Ferienwohnung liegt die Leiche einer jungen Frau. Doch weder sind äußere Verletzungen erkennbar, noch wohnte Diana Schröder in der Unterkunft, in der sie allem Anschein nach starb. Die Inselkommissare Antje Fedder und Roland Witte nehmen die Ermittlungen auf, und schnell finden sie heraus: Die Ferienwohnung wird von einer Selbsthilfegruppe gemietet, deren Mitglieder ihre große Liebe verloren haben. Juister Herzen nennt sich die Veranstaltung auf der idyllischen Nordseeinsel, die helfen soll, verletzte Seelen wieder zu heilen. Aber wie kam Diana überhaupt in dieses Bett? Und weshalb trug sie eine Pistole bei sich? Ins Visier der Ermittlungen gerät Clemens Vogt, der Leiter der Selbsthilfegruppe. Die Inselkommissare bezweifeln seine guten Absichten und stoßen schließlich doch auf eine überraschende Verbindung zwischen den Juister Herzen und der Toten ...

»Juister Düfte«, Band 2
Taschenbuch-ISBN: 978-3-95573-957-7
eBook-ISBN: 978-3-95573-958-4

»Juister Reiter«, Band 3
Taschenbuch-ISBN: 978-3-96586-027-8
eBook-ISBN: 978-3-96586-028-5

»Juister Taucher«, Band 4
Taschenbuch-ISBN: 978-3-96586-088-9
eBook-ISBN: 978-3-96586-089-6

»Juister Düne«, Band 5
Taschenbuch-ISBN: 978-3-96586-126-8
eBook-ISBN: 978-3-96586-127-5

»Juister Hochzeit«, Band 6
Taschenbuch-ISBN: 978-3-96586-176-3
eBook-ISBN: 978-3-96586-177-0

»Juister Lüge«, Band 7
Taschenbuch-ISBN: 978-3-96586-217-3
eBook-ISBN: 978-3-96586-218-0

»Juister Perlen«, Band 8
Taschenbuch-ISBN: 978-3-96586-267-8
eBook-ISBN: 978-3-96586-268-5

»Juister Zeuge«, Band 9
Taschenbuch-ISBN: 978-3-96586-307-1
eBook-ISBN: 978-3-96586-308-8

»Juister Clown«, Band 10
Taschenbuch-ISBN: 978-3-96586-358-3
eBook-ISBN: 978-3-96586-359-0

»Juister Chor«, Band 11
Taschenbuch-ISBN: 978-3-96586-434-4
eBook-ISBN: 978-3-96586-435-1

»Juister Party«, Band 12
Taschenbuch-ISBN: 978-3-96586-471-9
eBook-ISBN: 978-3-96586-472-6

Klarant Verlag

Lernen Sie die Ostfrieslandkrimi-Titel des Klarant Verlages kennen und besuchen Sie uns im Internet unter:

www.ostfrieslandkrimi.de

und

www.klarant.de

Sie können dort Näheres über unsere Autoren erfahren, viele weitere interessante Bücher und eBooks finden und Leseproben herunterladen. Mit dem kostenlosen Newsletter auf

www.ostfrieslandkrimi-lesen.de

erhalten Sie aktuelle Informationen rund um das Verlagsprogramm, wie beispielsweise spannende Neuerscheinungen und Gewinnspiele.